LA EDAD DE LAS ATADURAS

Yunier Riquenes García

La edad de las ataduras
Yunier Riquenes García

Colección: Ficciones
1ª edición marzo 2025
Publicado por Ediciones Dyskolo. Albatana (AB).
http://www.dyskolo.cc
ISBN: 978-84-128259-4-7
Depósito Legal: AB 76-2025
Impreso en España
Edición realizada con la participación:

Imagen de portada: Dos girasoles amarillos sobre superficie de madera-gris. Chris Liu (@inchristalone - Licencia Unsplash).

LA EDAD DE LAS ATADURAS

Yunier Riquenes García

ediciones dyskolo

A Julia García (mi madre), y a Enilsa Lemes.

A Juan Gutiérrez, por las breves conversaciones y las imágenes pictóricas.

A Liurka Mengana, Guillermo Betancourt Díaz, Yamilka Reyes, Surelis Ramos y Yailín Pacheco.

A las mujeres.

¿Hasta nuestro último empeño
es solo un sueño dentro de un sueño?

Edgar Allan Poe

PRIMERA PARTE

I

Los leones huyen de las garzas. Sus bocas cosidas con alambre destilan una sangre espumosa y les impiden anunciar al cazador con el ojo en la mira. Las garzas estiran los cogotes y abren los largos picos, dispuestas a dar una sola picada. Las pisadas del cazador comienzan a dejar el eco en los oídos. Los leones intentan zafar los alambres, y el alambre no cede; tampoco raja la boca.

Los leones levantan el polvo, corren despavoridos, ciegos, sin un camino definido, hasta que caen precipicio abajo. Marcia se adentra en los leones, es un león que también va hacia abajo a estrellarse. Grita.

Después de agarrar el machete, ahí mismo al lado de la pata de la cama, abre los ojos y mira la ventana. El aire silba, traquea los náilones. El hombre puede estar fingiendo esos ruidos para cazarla, piensa. Aprieta el machete, Si mete la mano se la corto. Alguien le ha cambiado el dial, Puede ser ese hombre, dice, Esa no es la emisora de Julio. Hablan de algunos hechos que no ocurren en este país. Esa no puede ser la emisora de Julio. Lo esperaré mañana a la misma hora. No puede entender quién le cambiará el dial cuando se duerma con el radio encendido al otro lado de la almohada.

II

Vilma dijo Buenos días, Marcia, y no esperó respuesta para entonar *Tú me quisieras lo mismo que veinte años atrás*. Marcia suponía posibles razones de la extrañeza de Vilma. Nunca la había visto con maquillaje ni espejo en la oficina, interesada en saber si combinaban el color de la blusa con los zapatos y el pelo recogido en un moño. Era otra Vilma a quien sí le importaban el saludo, el mundo que estaba afuera de la oficina y los papeles.

Se sentó a llenar las tablas, tampoco preguntó cómo le fue la noche anterior, si había soñado con ella, si presintió al hombre, si su hermana volvió por la tarde a pedirle que se fuera con ella a su casa para que no estuviera sola. Vilma tarareaba a María Teresa Vera mientras hacía los cálculos y copiaba los resultados. A ratos miraba hacia afuera como si alguien la esperara, como si esperara que llegara alguien.

Marcia pensó que Vilma cumplía años de bodas o de vida, pero no se atrevió a preguntarle —le parecía que ambas fechas ya habían pasado—; lo que sí no quería era parecer entrometida. Tal vez el esposo había ganado bastante dinero y podrían arreglar, por fin, la casa que le dejó su madre para los muchachos. Tal vez ella y el marido comenzaban a vivir una nueva época del romance. Marcia se dijo que si era buena amiga le comentaría algo a la hora de la merienda, y seguro Vilma le repetiría No te cases. Pero Vilma salió antes de tiempo y apareció después de la merienda con un girasol que puso encima de la mesa.

Para tratar de acercarse, Marcia le preguntó por el esposo. Vilma la ignoró. Repitió la pregunta y la escuchó decir Estoy ocupada, Marcia, estos papeles harán que hoy me vaya más tarde. Recuerda, no te cases, hablaremos luego, ¿no oíste anoche a María Teresa Vera en el programa de Julio?

Vilma recogió el girasol y se fue a maquillar al baño.

III

Mi hijo quería cazarme un par de estrellas blancas para alumbrarme el cuarto. *No se ve bien sino con el corazón*, dije, pero necesitaba un par de estrellas que hicieran la luz. Y mi hijo era el único que podía ser farolero.

IV

Aleyda rompía a llorar cuando entraba su padre. Marcia la envolvía entre sus brazos y se la llevaba para abajo de la cama a hablarle de las tejedurías de las arañas que no eran peligrosas, y menos allí, en el único lugar de la casa donde se podía esquivar el calor. Marcia le resguardaba los piececitos a Aleyda hasta que su padre se marchaba.

Él había dicho que no iba a volver más. Las niñas escucharon su voz ebria y lo vieron entrar varias madrugadas. Se tapaban de pies a cabeza. Al principio escucharon replicar a su madre, pero más tarde su madre callaba, como cuando parecía que se llevaban bien.

Después que sonaba la puerta lo despedía: ¿Te vas, Ricardo, sin saber qué comen? No dejas dinero, nada. ¿Que no te importa? Claro, porque yo sola me las hice. Sí, eso fue lo que te pude dar, un par de hembras. Las hembras nacerán para putas, pero son tus hijas, coño, tus-hi-jas.

Si nos casamos seguirás estudiando. Cuando te gradúes podemos tener a los niños. Se casaron y quedó embarazada al mes. Le prohibió regresar a terminar la licenciatura. Tienes que cuidarte, Lety, hay que cuidar al niño.

¿Que te lo vas a sacar? No, mi amor, ese es varón. Tú sabes lo loco que estoy por tener un hijo. Ya casi tengo cuarenta, quiero disfrutar a mis hijos, ¿está bien? Yo sé que comprendes. Con lo que gano podemos vivir, no es necesario que trabajes, no crees que... Lety se quedó dubitativa,

Ricardo continuó diciéndole que los niños necesitan a los padres, a los verdaderos, muy juntos todo el tiempo, que su papi le traiga la malanga, las papitas y la carne, que su mami aparezca rápido cuando empiece a llorar o quiera hacer caca o tenga sed. ¿Y si mi mamá…? Si tú no quieres lo hago yo solo. Tú me lo pares y yo lo crío. Le pasaba la mano por la barriga, ponía el oído: Está dando pataítas, va a ser patigrande como el padre, y alto. Ella lo observaba ilusionándose, con un brillo de alegría en los ojos. Hasta la hacía sonreír, pensaba que era injusta si no le daba lo que quería. Yo hago lo que tú quieras, Ricardo. Tienes razón, lo más importante son los hijos, estudiar es otra cosa.

Lety no volvió al aula y tuvo a Marcia. Él dijo Hay que buscar la pareja: un hombrecito que me acompañe por la calle, que defienda a su hermana, que trabaje fuerte en el campo y sea vaquero, mecánico, algo de eso. Las heridas seguían abiertas, pero él la montaba a tiempo completo, duro, para que fuera macho.

Este es varón, nada de rosadito ni amarillo, busca colores fuertes. Todo el mundo me lo dice: barriga recogida y cara gorda, eso es un varón. Le pondré Ricardo, como yo y mi padre.

Cuando le entraron los dolores, corrió con ella. Le decía Ahora sí tienes que pujar, puja fuerte que este es un macho. Se le acercaba a la barriga. Prometía juguetes, llevarlo a cazar y montar a caballo. Lety lloraba al recordar el ultrasonido. No llores, mi amor, le harás daño al niño, no quiero que nazca triste. ¿Qué te pasa? Y apareció Aleyda con un gritico. ¿Ya saben cómo le van a poner?, preguntó el médico. Como quieran, murmuró Ricardo. Lety, dijo Aleyda, lo buscaba en la sala, pero él se había ido gritando por el pasillo Esa mujer no da varones; golpeaba las paredes, maldecía.

El último día que Marcia y Aleyda vieron a su padre, jugaban detrás de la cocina, A mamá y a papá hay que quererlos mucho, Aleydita, acuérdate de lo que dice mamá, no se le levanta la voz. Papá sí nos quiere, aunque nunca quiera cargarnos y siempre esté afuera, pero... nos quiere. ¿No ves lo contenta que se pone mamá cuando llega? Ese día, cuando Marcia lo vio entrar corrió a darle un abrazo, con un papi que lo dejó casi sordo; él la levantó en peso, le dijo Muchacha de mierda, sal de arriba de mí. Y le dejó arder los piececitos en las brasas del fogón.

Por la noche regresó a buscar las camas y los colchones. No me importa, te dije que eso lo compré yo. Lety ayudó a sacarlo para el patio, lo dejó ahí mismo porque algunos vecinos se acercaban silenciosos.

Vinieron largas noches de oír llorar a la madre en la cama del piso, abrazadas las tres para matar el frío. Las niñas miraban las camas en el patio cuando caía la lluvia, el rocío, cuando el sol las cuarteaba. No te pongas así, mami, nosotras te queremos, te queremos mucho, te queremos de verdad, así de grande.

Entonces faltó el dinero para comprarles el pan y la leche, no quería que nadie le hablara. Caminaba, repitiendo Se sale, tengo un par de niñas. Empezó a cargar sacos a la espalda como los hombres, a lavar y planchar como las mujeres.

V

Los pájaros comenzaron a cantar. Haré la comida antes de que anochezca, hoy sí tengo que cocinar, por poco me desmayo del hambre en la oficina.

Marcia desconocía el tipo de pájaros que cantaban al atardecer. Era un canto extraño y quedaba claro que no eran lechuzas. Desistió de cocinar; pero le sonaron las tripas como para hacerle cambiar de idea. Sacó el arroz para limpiarlo y encendió el radio. Los pájaros le habían dejado un eco, una resonancia pertinaz.

Era muy temprano para escuchar a Julio, su programa no estaba en el horario. Si al menos escuchara su voz se me calmarían los nervios, pensó. Sabía que Julio solo animaba el programa de las ocho. Cerró la puerta del frente con seguro, luego las ventanas. La casa había encerrado mucho calor durante el día y necesitaba evaporarse, como ese miedo suyo tan contenido. Julio podía ser el único que lograra hacerlo desaparecer.

Marcia tiró la fuente de arroz, Cuando los pájaros cantan por esa esquina hay alguien espiando, aseguraba, es ese hombre. Era la hora del hombre en la esquina. Entró un cubo con agua para bañarse. Volvió a sacar el arroz. El hombre no puede dejarme sin comer. Se asomó a escudriñar la esquina; no había ningún movimiento por las cercas, nada fuera de lo normal. Me quieres despistar, me guardaré enseguida, desconfío de los vientos tranquilos.

Debía decírselo a Vilma, pero ella también andaba extraña. De mañana no pasa, la cogeré en la oficina, pensó, tiene que escucharme; ella es con quien puedo hablar, si le digo a Aleyda va a volver con la idea de irme a su casa. Entonces empezó a hablar alto y sola, como si estuviera conversando con su hijo. El radio, a medio volumen, aportaba otras voces, hacía creíble la polifonía.

El machete tenía el filo ancho y brilloso. Lo empuñó con fuerza. Creyó que de entre las piedras del baño saldrían majaes, se le enrollarían en los pies, le subirían por el cuerpo, o se le meterían entre las piernas. Sintió escalofríos, miró todo resquicio, el techo, la ducha. Agarró el cubo de agua y alumbró con el candil. Perdió la confianza para bañarse.

Se durmió en el balance. Enseguida encontró a Isaías. No tenía rostro, era un hombre que nacía dentro de su estómago, gritaba su nombre. Isaías se le pegaba a la cara cada vez más, era su cara con una oreja. Comenzó a desear lo que deseaba aquel hombre. Quería atrapar a una mujer solitaria. Portaba un cuchillo grande de doble filo.

Marcia se sobresaltó en el balance, miró el reloj en la pared todavía medio dormida. Al cambiar el dial oía un ruido constante. No era posible que se perdiera la presentación. Lo golpeó con las palmas de las manos. La señal persistió indefinida. Levantó la antena y lo golpeó más fuerte. Crujió. Por fin salió la música. Esperaré a que Julio diga esas palabras bonitas, dijo, son las mismas palabras que yo digo, que dice Vilma, pero en la voz de Julio son diferentes, alentadoras.

Olvidó al hombre al escuchar el programa. Sabía que estaba por llegar. Julio apareció con la música de fondo. Ella le dio más volumen al radio; nada le interrumpiría su tiempo. Julio comenzó a atender la carta de una tal Hortensia. ¿Cómo puede ser que hable de ella así tan libremente? La muy socarrona lo invita a comer a su casa por su cumpleaños. Julio la felicitó, dijo Estaré por allá, Hortensia, muchas gracias. Le dieron deseos de escribirle en ese mismo momento, pero ¿qué le escribiría? ¿Acaso no tendrían el mismo derecho las otras mujeres? Golpeó el radio. Mantuvo constante el ruido.

Buscó el machete y lo dejó al lado de la cama. Puso los náilones en las rendijas. El radio se recuperó y Julio anunció dos temas musicales. Marcia sonrió y dijo Es verdad que Julio sabe cuáles son mis gustos. Ojalá que no sean los últimos, aunque sea oiré la despedida, mañana no permitiré que me vuelva a ocurrir. Llevaré a arreglar el radio. ¿Y si el técnico se tarda demasiado? A veces los muy degenerados hacen lo que les da la gana. Julio reapareció después de un *spot* para despedirse. Marcia aseguró que comenzaría a sufrir hasta la siguiente noche.

Las palabras de felicitación a Hortensia no las olvidaba. Debía decirle a Julio su nombre, pensó, Lo escucho todas las noches, es el hombre que siempre soñé. Le diría Cumplo años el próximo... No, no le pondré eso, le mandaré una foto. Buscó lápiz y papel, al día siguiente podría echar la carta. Julio iba a saber, por fin, que ella existía. Pensó en decirle a Vilma al día siguiente, pero Vilma andaba con una extrañeza irreconocible.

Le escribiría a Julio. Solo pudo garabatear unos trazos. Líneas. Figuras. Murió la inspiración cuando Julio dijo Hasta mañana, que la suerte los acompañe... Marcia afirmó No creo en la suerte, si lo dices tú... Se volteó hacia un lado, dejó el radio encendido.

Escuchó atentamente el boletín de noticias: Un hombre asesinó a varias mujeres. ¿Qué emisora es esa? Comprobó. Era la misma del programa. Describieron el hecho del crimen, el estado en que las dejaba. ¡Jesús!, no puede ser posible tanta crueldad. Pasó las manos por su cara, apretó la boca para contener el grito. Retornó a su memoria la cara de Isaías, el cuchillo de doble filo.

Marcia cogió el machete, fue hacia el otro cuarto. Las pertenencias de su hijo estaban intactas. Revisó debajo de la cama y se acostó. Cantaron los pájaros, pero Marcia se tapó de pies a cabeza. Olvidó la carta de Julio.

VI

Un hombre preguntó en la oficina si yo era la madre de Tito. Me asusté muchísimo porque andaba desde la noche anterior para la casa de su novia. Uno siempre se imagina lo peor. Hacía ya una semana que se la había llevado para el campismo y nadie sabía nada. La familia de la muchacha me reclamó por la irresponsabilidad de Tito, pero es que no los dejaban salir solos a ninguna parte; y la niña, si sus padres le decían Tírate del quinto piso, se tiraba. A Tito le gustaba que ella hiciera las cosas como él decía. El hombre se quedó mirándome muy fijo, como si me conociera; seguí pensando qué otra cosa podía haber hecho Tito.

Me preguntó si me pasaba algo, ¿Le interrumpo en el trabajo? Después puedo conversar con usted; en definitiva, debía ir a su casa, hablar con los dos. Me dijeron que usted trabajaba aquí, yo no iba a ir allá por donde usted vive. Usted no parece tener cuarenta, me dijo, ¿qué edad tiene el muchacho? Entonces fue que le pregunté quién era. Comisión de reclutamiento, respondió. Supe que Tito estaba en una situación peor. Tito trabaja... Señora, la Patria lo llama a las filas. Suspiré. El hombre vio cómo se me salía una lágrima. Señora, nadie muere por eso, él no va para la guerra. Presentía el peligro. Mi hijo es muy mujeriego. ¿Hay otra alternativa para los muchachos que son cabeza de familia? Señora, él no es el único... Me tomó la mano, acarició el dedo donde tenía el anillo de bodas. Él sí se marchó lejos... sin ir a las filas del ejército. Frunció el entrecejo, pareció interesante a pesar de ser feo. ¿Y si no va? Lo meten preso, eso es obligatorio. Déjeme tranquila, tengo que trabajar. Nos vemos después. Señora, de todas formas, tiene que firmarme unos papeles, pero ya que usted está tan ocupada, tendré que ir por su casa.

Tito continuaba ajeno a la noticia, le rompí la citación que le dejaron conmigo. Se jactaba de decirles a los amigos que no pasaría el servicio militar, iba a pagarle a un hombre que tenía que ver con esas cuestiones. Hasta yo me entusiasmé, tuve que reírme.

Recordé al hombre cuando estuvo en casa nuevamente. Hoy sí tiene que firmar los papeles, es aquí, tome. Firmé asumiendo su prepotencia. Guardó los papeles. Por favor, regáleme un vaso de agua. Nos vemos entonces, como usted dice, el día de la despedida. Claro, él irá, mi hijo no es menos que los otros, ni le tiene miedo a nada.

Creí que se había ido; sin embargo, al asomarme por la ventana señaló la bicicleta como para que me diera cuenta de que tenía una rotura. Supuse que estaba dando tiempo a ver si Tito se asomaba. Cerré la ventana.

Tito me aclaró después que ya había firmado los papeles. No entiendo por qué vino, todo está claro, mamá. También me dijo que te conoce desde niño. ¿Estudió contigo? Ese muchacho sabe muchas cosas de nosotros, las cosas de la familia son de la familia. ¿Cuánto podría saber el intruso? Me voy el mes que viene, mamá. Se me salió el aire. ¿Qué será de mí cuando te vayas? Te escribiré, mamá, hasta una fuga que me dé de vez en cuando estará bien. No, mijo, solo piensa en mí, cázame desde allá el par de estrellas blancas.

VII

Vamos, te digo que recojas las cosas. ¿Tú crees que estoy hablando boberías? Solo voy a estar tranquila si te vas conmigo. Esteban tiene que entender que tú eres mi hermana. No te voy a dejar sola.

Los muchachos se van a alegrar cuando te vean. Siempre preguntan por su tía. Te quieren más que a mí, me tiran a mierda. No me mires así, esos hombres andan sueltos y son peligrosos, andan cerca de esta zona. ¿No te da miedo? Si llego a la casa sin ti los muchachos se van a poner a decir que qué clase de hermana soy; para que tú sepas, ellos fueron los que me mandaron.

Muchacha, mataron a una vieja, le metieron en la boca... Dios mío. Mejor rezas unas oraciones. ¡Tienes que irte conmigo! ¿Pero me miras así?

Violaron a una pareja. Sí, a él también se lo hicieron, y delante de ella. Al pobre lo cogieron con un lazo puesto, llorando, no podía tirarse de la silla.

En este lugar, aunque te revientes los pulmones, nadie te va a escuchar. Vamos, recoge. Mamá no me lo perdonaría y yo me volvería loca si te pasara algo.

Son dos, traen unos cuchillos y unas pistolas que le quitaron a un guardia. A ese también lo dejaron... No, al guardia no le hicieron esas cosas, pero lo dejaron tuerto, dicen que era un muchacho muy lindo, el hijo de... el muchacho de los ojos verdes que siempre estaba en la bodega en camiseta. Vamos, Marcia, no me des la espalda. Te estoy hablando.

Aleyda, acábate de tomar el café y anda. Te va a coger la noche y voy a ser yo la que se va a quedar preocupada.

Para mí hay un solo prófugo, pensó. Y no huiré, no huiré de él. Se quedó mirando la esquina, el movimiento tranquilo por el matorral.

SEGUNDA PARTE

I

Marcia y Aleyda se habían ido a jugar fuera de casa. Su madre nunca las dejaba, pero la mañana en que amaneció llorando les permitió salir, Hagan lo que quieran, déjenme sola. Habían estado dándole besos, preguntándole ¿Dónde es el dolor, qué pastillas te hacen falta, mamá? ¿Te damos una fricción? No, no me duele nada; es el ánimo. Vayan a jugar, esto pasa. Imitaban a la madre con la cartera al lado, la manera de andar y comportarse.

El lechero les preguntó a las niñas por Leticia. La dejamos en casa ahora mismo, estaba fregando. ¿Tocó fuerte? Sí, y grité. No había nadie. Hace mucho tiempo que conozco a esta mujer; ella no se escondería. ¿Estaba abierta la ventana de atrás? No. Lety no cerraba la ventana, el sol le daba claridad a la casa.

Ricardo se fue con una mujer que tenía un hijo. No volvió ninguna otra madrugada. Leticia lo vio con sus propios ojos: le daba dinero al niño para que comprara refrescos, pastelitos, cornetas, y montara en coche alrededor del parque. ¡Qué cosa, tú!, le decía la vecina, lo que no hizo con las niñas. Pero Leticia no quería ni hablarle, se estaba cansando de tanto comentario. A la próxima la mandaría a mirarse la paja en su ojo, y unas cuantas cosas más, para que viera que ella también le sabía. Leticia no hablaba con nadie. Les buscaba la comida a las hijas y se encerraba a tejer mientras oía las novelas.

Pero de noche, Leticia comenzó a morder las sábanas y la almohada. Sentía más amplia la cama. Pasaba las manos recordando a Ricardo; cuando llegaba borracho le prometía villas y castillos, Este sí lo vamos a hacer un varón; este otro, y el otro y el otro. Ella mordía las sábanas para que sus hijas no la escucharan.

Ricardo se iba al amanecer, regresaba la otra madrugada. Cuando Leticia lo vio dándole dinero al niño para comprar refrescos, pastelitos, cornetas, y para que montara en coche alrededor del parque, supo que viviría sola de verdad.

Marcia y Aleyda se habían ido a jugar fuera de casa. El lechero regresó, insistió en la ventana cerrada. Aleyda y Marcia echaron a correr. Por muy fuerte que empujaron, la puerta no cedió.

A Marcia se le ocurrió levantar la tapa del fregadero y se dejó caer hacia adentro. Se quedó pasmada, pegó un grito que lo oyó hasta la vecina en su casa, ¡Ave María Purísima! Leticia temblaba, empapada, con una caja de fósforos en la mano. Parecía una diosa griega envuelta en las sábanas.

II

Sin embargo, los leones huyen de Vilma. Su rostro dulce es más temible que cualquier fiera. Vilma se acerca, les manosea las melenas. Los observa embelesada hasta que les agarra el cuello, los muerde detrás de la nuca y los zarandea. Los dientes de Vilma siguen siendo de mujer. Son cuchillos.

El león más viejo se echa a sus pies, implora piedad levantando una pata, mordiéndosela. Quiere trasmitir su fidelidad. Haré silencio, suplica. Es Vilma quien ruge, se le ve hasta la garganta.

Un suspiro rápido, hacia adentro. Marcia abre los ojos, no logra pestañear por unos cuantos segundos. El radio en silencio. Marcia piensa que se ha callado como si también le hubiera visto la garganta a Vilma. Lo palmea, el aparato emite un ruido que se pierde rápidamente, no vuelve a aparecer claro y definitivo hasta que lo golpea con consistencia. Pierde el sonido del radio al recordar a Vilma, al volver a los ojos tan redondos, más redondos, muy redondos, exageradamente redondos, creciendo ante el acto de agredir, no estar de acuerdo, no aceptar, llenándose más de sangre, llorando sangre.

Marcia sacude la cabeza en la almohada, como le hizo Vilma al león, pero ella sacude negando. Y Vilma se disipa al escuchar la hora. Es demasiado temprano para irse al trabajo, aún no ha comenzado a amanecer.

El estómago le arde del hambre. La noche anterior comió bien y suficiente. Me levantara a hacer café, un pan con huevo revuelto es un desayuno especial; no debo abusar tanto del estómago, podría sufrir otras gastritis y desmayos. Suspira. Va hacia la ventana, quita los náilones. Continúa la negrura de la noche. La rendija funciona como agujero. Es buen momento para que el hombre ataque, piensa. Acomoda con rapidez los náilones. Se tira a la cama y se tapa de pies a cabeza. No puede ser, no puede ser, repite. Ayer Vilma salió temprano del trabajo.

A pesar de los años, Vilma mantiene la belleza del día que anunció la boda. Ha vuelto a ser aquella Vilma de los primeros días, a la que le importa vivir.

Me preocupaba que llegara al trabajo y nada más hablara de la telenovela, del marido que se había ido a trabajar lejos para reconstruir la casa. Volvería tal vez para fin de año, le echaba de menos; Estoy pasando mucho frío, pero al final los muchachos tendrán su cuarto personal.

Pero esta no es la Vilma que me contaba sus problemas a la hora de la merienda, es una Vilma que no había conocido jamás, que continúa persuadiéndome, No te vuelvas a casar. Es la Vilma que sale del trabajo después de las cinco y sugiere que me dé oportunidades sin casarme. Tu hijo te entenderá, llegará el día en que él mismo te lo diga; y debes saber cómo lo enfrentarás. Date oportunidades, Marcia. No podía pensar en eso, en la partida definitiva de Tito. Él va a regresar, Vilma, tú más que todos lo sabes. Claro que sí, mi amiga, claro que sí. Lo que te digo es que tú también tienes tu vida. No me importa, le respondo siempre, a mí nada más me importa Tito. Vamos, Marcia, qué pasa, tú sabes a lo que me refiero; eres joven, tienes los mismos derechos que Tito. ¿Cuántas mujeres no tiene Tito?, ¿no ves lo tanto que te quiere? No son los mismos amores, Marcia, y uno necesita diferentes amores.

Ahora es Vilma la que dice Oí a Julio, como si hiciera tantas cosas buenas todas las noches a esa misma hora, repite la música tema a tema. Me recuerda tantos ratos buenos y suspira, Tienes razón, mi amiga, el programa de Julio es el programa para el amor. Ese es el otro amor tuyo, muy tuyo.

Marcia se va quedando dormida, despierta sobresaltada. Se le hace tarde para el trabajo. ¡Me cago en Dios! Hoy tampoco le dará tiempo para hacerse un café. ¡Maldito hombre!

Por el camino piensa en Vilma, en los leones. Si le cuenta es posible que le vuelva a responder Tú y tus sueños, ¡yo no sueño todos los días!, al menos no me acuerdo. ¿No serás tú también un sueño? Marcia se asusta, iba tan entretenida que no vio al hombre que se le arrimó tanto; por poco chocan. El hombre le dice Señora, ¿todavía está dormida?, apresura el paso. No puede ser que esté dormida, que sea un sueño. Escucho el ruido de los carros, los pájaros, el escándalo de los muchachos que van para la escuela. Veo en colores; pero soñando también escucho y veo en colores. Se pellizca. El hombre le grita, parece que no se ha alejado nada, viene detrás diciéndole improperios. ¡Mierda, no puede ser! Mira hacia atrás, ha doblado la esquina.

Es extraño que la oficina esté cerrada, son más de las ocho. ¿Cómo es posible que Vilma también llegue tarde? Otro hombre espera sentado en el contén. Debe ser uno de los recogedores, piensa, ya es hora de recoger las planillas, quizás va a entregar las producciones de ayer.

El hombre se pone de pie, sin que Marcia llegue. Va hacia ella; es el marido de Vilma. Le nota en los ojos que ha trasnochado. ¿Pero por qué no está en la casa?, cuestiona, avanza. Buenos días, le responde. Él pregunta ¿A qué hora llega Vilma? Marcia calla, luego, de un tiro, Ella viene temprano todos los días. Tendrá problemas con los muchachos. ¿Usted fue a la casa? No, no quiero verla en la casa. Pase y siéntese; espérela entonces.

El marido de Vilma ocupa el puesto de su mujer, comienza a registrar las gavetas. Por favor, no puede hacer eso; va a desordenar las planillas. La mira fijo, con odio. Usted nunca me ha caído bien, ¿sabe?, dice el hombre, aunque sea la mejor amiga de Vilma. Por eso mismo, por eso mismo no me cae bien. La señala con el índice: Sería mejor que nunca nos hayamos conocido. Marcia lo observa. No responde. Comienza a ordenar las planillas del día anterior. La esperaré afuera, dice el hombre.

Marcia no se concentra. Mira al hombre en el contén y recuerda a Vilma dándole sacudidas a los leones. Había un león diferente.

Marcia lo maldice a la hora de la merienda. No se puede cerrar la oficina, y si la dejo abierta es posible que revuelva los papeles. Le arde el estómago. Piensa en el otro hombre que le fastidió el desayuno en la madrugada. Solo aparecen para joder, dice, tira el bolígrafo contra la planilla y sale a la calle con la esperanza de que Vilma aparezca y atienda a su esposo.

¿Cómo ha estado ella?, le pregunta. Muy bien. No sabe por qué le respondió. El hombre hace silencio y escupe en un tragante que le queda debajo de los pies. ¿Se pone muy bonita para venir a trabajar? Ella es una mujer, tiene derecho, ¿no? Qué le habrá podido pasar a Vilma, ¿ella sabrá que su marido ha llegado? Quizás esté en la casa descansando, pero él quiere verla en la oficina. Le preguntará ¿por qué no va a la casa? Si no está aquí es allá donde puede estar. No, no le diré nada, que se quede ahí aguantando el sol.

36

No puede seguir ahí, me desmayaré del hambre. No puedo permitir que me vea desmayada. Oiga, lo llama con firmeza y le dice muy segura: Cuando no trabaja es porque está en la casa. El hombre sonríe, da un paso, dos. Casi se echa a correr.

III

Si Rubén no se hubiera ido, las cosas serían diferentes: Tito, el hombre, yo. Ni el mismo Julio sería el Julio de hoy, de todos los días. Dormiríamos Rubén y yo abrazados, con la ventana abierta, sin miedo a la noche de mañana, y esperaríamos la hora de volver a acostarnos, deseosos de matar algún día el sol para quedarnos juntos para siempre. Pero Rubén me convirtió en otra mujer. Se marchó a la otra guerra, solo. Nadie contó con él y él con nadie. No recuerdo si fue una noche de domingo o de lunes. Ya no importa la fecha.

Rubén no vino a dormir y me quedé esperando en la ventana. No me dio miedo la negrura de la noche, ni las figuras que se hacían en las cercas y en la carretera, ni los ruidos de los pájaros, ni las extrañas luces que brillaban en el cielo, esas luces que aparecen después de las estrellas, o de la luna.

Miraba a Tito tapado, lo oía roncar envuelto, hecho un nudo. Rubén le traía dulces del trabajo y Tito, enseguida que llegaban las siete, preguntaba Dónde está papá. Recordaba los buenos momentos mientras Tito dormía. Rubén no llegaba.

Tito le pedía a su padre que lo llevara a montar bicicleta, quería aprender rápido para ir a la escuela en bicicleta. Rubén le decía Antes te daré un viaje por el cielo, lo levantaba en peso mirándolo fijo a los ojos y reían hasta apretarse el pecho. Tito se le prendía del cuello como si no quisiera soltarlo y me pedía Bésalo, mamá, nos abrazábamos los tres, nos acostábamos juntos y Tito retozaba entre los dos, quitándonos las almohadas, Los voy a amarrar por los brazos.

Tito no cerraba los ojos sin el beso de su padre, pero esa noche Rubén no respondió a pesar de su llanto y de sus súplicas. Le expliqué que Rubén le había dejado conmigo un beso. Y entonces se durmió.

Me quedé en la ventana hasta el amanecer. Lloraba al pensar en los chismes que me contaban. No imaginaba a Rubén con esa mujer, no podía entender qué le faltaba de mí, no podía acostumbrarme a la idea de verlo en brazos de otra, mucho menos de que tuviera otro hijo.

Tito se despertó con un grito, ¡Ay, mamá!, ¿dónde está papá? No volvió a dormirse. Los ojitos se le abrían más y preguntaba Dónde está papá, mamá; yo quiero su beso. Temblaba. Yo lo vi, vi a papá cuando estaba durmiendo, ¿por qué no está aquí? Abracé a Tito y dimos una vuelta por la carretera, ni siquiera pasó un carro. Le conozco la luz a la bicicleta, mamá, si aparece corro y la cojo, lo dejo sin luz y le doy un abrazo.

Volvimos a la casa; traté de dormir a Tito. Se entretuvo jugando un rato, pero después me repitió Lo vi cuando dormía, mamá, me estaba diciendo que me quería, que me quería mucho. Era otro papá, estaba triste.

Pensé en su compañera de trabajo, que se veía muy zorrita; siempre tenían que ir juntos a las reuniones; él salía temprano del trabajo, y yo creyendo que se estaba cansando demasiado.

Llegué temprano a su oficina. Ella fue la que me recibió con un Buenos días muy picú. Desde ese mismo momento empecé a decirle de aquel vestido verde que traía, con los labios rojos y unos zapatos de tacones como de cabaret.

Ella quiso hacerse la guapita, y yo que andaba con la mano caliente, le viré la cara de una bofetada, le expliqué quién era yo.

Si Rubén no se hubiera ido no me daría tanto pánico asomarme a la ventana, sabría qué cosa espero después de Tito. A veces creo que solo espero, que me he acostumbrado a esperar: Tito, Rubén, Julio, Aleyda, Vilma, el hombre, yo misma, como si esperara a mi espíritu.

Nunca me había dolido la espera, pero estas, aunque cortas, también aprietan el pecho. Rubén se fue a la otra guerra solo. Nadie contó con él y él con nadie. Se fue a la otra guerra solo, a la otra guerra solo.

IV

¡Muchacha, Marcia! Yo tenía que verte. No podía esperar a la tarde, tiene que ser antes de que llegues a la oficina, si no esa Vilma te coge para ella. Mi herma, camina, llegarás tarde al trabajo. He aguantado un poco por los muchachos, pero ese marido mío... hace rato lo quiero dejar..., es que no quiero ponerles padrastro a los muchachos. Prefieren vivir solos, si no nos vamos con tía, hasta eso me dicen los muy desconsiderados.

Todos los hombres son iguales, coño, una tiene que ponerse fuerte, dejar de aguantarles tantas malacrianzas, a ese yo le pongo hasta el agua en el baño, las chancletas cuando llega de la calle, ¿me lo agradece así? Mi hermana, una se cansa; él se pasa el tiempo en la casa preparando los gallos, así que no debería ser tan duro conmigo.

Ya estoy decidida, aunque pierda esas noches de gloria en el baño. Cuando los muchachos crecen una tiene que cuidarse, porque si no se te meten en el baño y preguntan Qué están haciendo, y creen que él me está matando por esos gritos. Mi hermana, esos gritos son los que me hacen sentir viva. No sé qué puedas estar pensando, pero esos recalentones no valen tu libertad. Una no puede aguantarlo todo. De amor solo no se vive, claro está.

Nada de casamiento, en definitiva, no encontrarás a nadie que te quiera de verdad, ¿tú crees que los hombres pueden querernos a nosotras? Ellos se llenan la boca de decir lo mismo de las mujeres, dicen que cuando una mujer encuentra a uno bueno abusa de él, que no pueden ser blanditos con nosotras, que ellos no tienen la culpa de que alguien haya dicho Ustedes son así, fuertes, y así tendrán que hacerse sentir. Y yo de verdad no quisiera encontrarme con ninguno que no sea fuerte de carácter, si no para qué.

Pero todo en exceso hace daño, yo lo decidí. ¿Te acuerdas cómo mamá le hacía todo a papá? Lety tráeme el agua, la toalla, el papel para el baño. Lety, límpiame los zapatos, esa camisa está sin planchar, esas medias no, quiero las otras y que se sequen para ahorita, no me has planchado y casi me voy.

Los muchachos van a seguir el ejemplo. Él se los lleva para las peleas de gallos y vienen tarde; mira que le repito, Esteban, si te coge la policía... déjame aquí a los muchachos. Lo peor es que los pone en contra mía, y los muy degenerados lo abrazan, Ya nosotros somos unos hombres, quédate tranquila.

Ya lo decidí, hasta ayer fui una Aleyda. Una tiene que cambiar a fuerza de golpes. Yo le he aguantado a Esteban muchas cosas, pero lo de ayer no. Mamá no se lo permitió a ninguno. Sé que debí de haberlo hecho antes, pero es que a veces somos muy débiles y nos falta valor, siempre es bueno tener a un hombre, pero es que... mira eso, llegamos a la oficina, tenemos que conversarlo en tu casa.

Esa Vilma ya te está esperando; y a propósito, ¿qué le pasa a ella?, últimamente se ve más bonita, está dejando a un lado el abandono. Eso es lo que una tiene que hacer, andar siempre bonita, que la miren todo el tiempo, que tu esposo sienta celos y quiera hacerte cosas. Déjame ir rápido para la casa, ya Esteban debe estar al despertarse. Si ese hombre se despierta... no sé, si le da por hacer esas cosas y

me llama y no estoy... mejor ni pienso en eso, ni los muchachos me sintieron salir.

Acuérdate, mi hermana, tenemos que conversar, cuídate.
No pienses mucho en ese hombre.

V

El muchacho de reclutamiento apareció al oscurecer. Marcia no escuchó el timbre de la bicicleta porque tenía el radio a todo volumen y cantaba. El muchacho de reclutamiento pensó que ella no le respondería. Entonces se decidió a entrar por la cocina. La puerta estaba abierta, el fogón expelía un olor agradable.

Marcia pensó que alguien la llamaba a lo lejos, sin saber de dónde. ¡Está bueno ya!, no sé de quién es esa voz, y gritó más fuerte: ¡Mierda, mierda, mierda! Busquen a la madre que los parió.

El muchacho de reclutamiento se preguntó ¿Ella se pensará que esto es un juego?, y traspasó la puerta. Marcia andaba con un *short* corto y ajustador, se veía muy conservada a pesar de los cuarenta y tantos años.

Se quedó observándola; después del grito de Marcia, reaccionó. Marcia le lanzó la espumadera por la cabeza, le fue arriba con el cuchillo. El muchacho de reclutamiento la esquivó, le dio tiempo a decir Señora, soy yo, no le voy a hacer nada, es que la he llamado y no me escuchó, o no quería escucharme, su hijo tiene que marcharse dentro de poco. Usted es un facultoso, ¿por qué entró por aquí? Me vio casi desnuda; ¡deje de mirarme! Debí lanzarle el cuchillo, quizás no se llevarían a Tito. ¡Qué va, de todas formas, la Patria lo necesita! Oiga, usted cocina muy bien, si me invita, seguro... Yo invito a comer a la gente que quiero, come quien yo decido, y la gente glotona tampoco tiene entrada. Hágame el favor, salga de aquí. Déjeme cambiarme; ¿a qué vino usted?, ¿no decidieron llevarse a Tito?, ¿o por fin se dieron cuenta de que matarían a una familia? Vamos, señora, es poco tiempo y no es para echarse a morir. ¡Tres años poco tiempo! ¿Tú crees, jovencito, que algún día se recuperan las vueltas del reloj? ¿Tú tienes novia? No, señora. Mi hijo sí, ¿nunca has tenido novia? Claro, señora, ¿qué le pasa? ¿Y cuántas cosas han hecho en cinco años?

Tomó asiento sin que Marcia lo mandara. Sacó unos papeles de la carpeta. ¿Qué más hay que firmar ahí? La citación al acto de despedida, queremos que asistan las madres cuando se lea el juramento, también las madres deben firmar y saber bajo qué reglamentos estarán sus hijos. No voy. Señora... Dije que no, no voy a firmar; no estoy de acuerdo, ¿cómo voy a firmarle una posible muerte a mi hijo? Señora, ya se lo he explicado, allá nadie muere. ¡No me diga eso, no me mienta!

El muchacho de reclutamiento dejó el bolígrafo, miró a Marcia. No me mire tanto, ya dije lo que pienso. ¿Cómo cree que voy a firmar la separación de mi hijo? Nosotros no tenemos culpa de las guerras, ¿quién le mandó a hacer eso? Los superiores, señora. ¡Bah, qué estupideces!, y así no quieren que una tenga miedo. ¿Ya terminó?, no voy a firmar; tengo que terminar la comida, Tito debe estar al llegar, no quiero que me coja la noche en el fogón. Entonces... Entonces nada. No debería pensar en usted sola, piense en la Patria, en la libertad, en el futuro. No se equivoque, yo soy muy patriota. No le permito, y menos a usted, que me hable de ese modo. ¿A qué libertad se refiere si alguien como usted, a quien yo no quiero en mi casa, se mete por la parte de atrás, y además quiere que firme la muerte de mi hijo? Señora... ¿Y el futuro?, ¿qué sabe un joven del futuro? Nosotros, los más viejos, junto a nuestros padres, fuimos los que hicimos y mantenemos esta república. ¿De qué futuro usted me puede hablar? ¿Usted no ve que yo también vivo en su Patria? ¿Quién puede hablar del futuro? Tenga cuidado con lo que dice. ¿Qué, no tengo derecho a decir lo que pienso o usted me va a acusar? ¿Y la libertad de la que usted habla? ¿Y el futuro, puede decirme? Este... Guárdese las palabras, ¡ah!, ¿no me había dicho que Tito había firmado ese asqueroso papel la vez pasada?; que yo sepa no lo conozco de ningún lado. Disculpe, eso le dije a Tito, es que la confundí, una vez tuve una mujer como usted... No se equivoque demasiado.

Marcia agarró de nuevo el cuchillo y el muchacho de reclutamiento se puso de pie. De todas formas, está invitada a la despedida, los hijos de la Patria necesitan el apoyo de las madres antes de partir. El mío tendrá mi apoyo siempre; y el que tiene que estar seguro de eso es él; pregúntele.

Era hora de apagar el radio, volver al silencio de esa hora. Usted se parece mucho a ella. ¿A quién? A nadie, no me haga caso. No me confunda, ¡se lo pido de favor!

Murmuró, Pero eres igualita, le observó detenidamente las piernas, le buscó la marca que había visto aquella noche. Marcia tenía la agarradera justo en ese lugar. Señora, se le bota el agua. Todavía le falta. Déjeme sola, necesito terminar la comida. Partirán dentro de seis días, ultimó; Vaya, le hará bien a Tito. No me olvido de usted, haya sido como haya sido. Cogió la bicicleta y se fue. Marcia salió al patio a tomar un poco de aire.

VI

Ahí está el hombre, debe fijar el rostro, almacenar en la memoria el color de los ojos, el pelo largo y extraño, un poco húmedo y rizado, que le cae en los hombros. Después podré hacer un retrato hablado, se regocija con la idea. Te capturé, te encontraré mañana.

Al hombre se le definen las manos pequeñas. Tampoco el hombre es grande, la boca sí. Marcia amplía cada detalle del cuerpo, cada huella reconocible. Viene hacia ella quitándose la camisa, ansioso. Pasa las manos por los brazos, los bíceps voluminosos y grasos, por el pecho.

Marcia no quiere que se acerque demasiado, él avanza. Zafa el cinto y desabotona el pantalón. Sería buena oportunidad, me ha perseguido mucho.

Algo le impide caminar. Está desnuda, clavada. El hombre la ha clavado en un poste. Él ríe a carcajadas, se manifiesta en el gesto de la cara, pero no se escucha, es solo la mímica. Vuelven las manos al cinto, al pantalón. El hombre manosea su miembro, lo enseña. Te la voy a dar. Se acerca, se acerca, se acerca más.

Aparece Julio en el mismo momento en que el hombre deja caer el pantalón. Marcia no se explica qué le reprocha por haber llegado justo en ese momento, quería retratar completo al hombre. No debían quedársele esos detalles significativos, ninguna marca. Ahí está Julio, melodioso, haciendo la hora más cálida y sudorosa. Anuncia varios temas musicales. Eso debiste hacer, Julio, tenías que haberlo distraído

para yo marcarle la frente o alguna parte donde pudiera re-
conocerse el delito.

Marcia se destapa, le ha parecido que tocan a la puerta.
No me voy a levantar, no le abriré a nadie, es posible que
el hombre haya venido esta noche. Los pájaros chillan agu-
damente en el techo. Amenazan con tirar las tejas con las
patas mientras atraviesan la casa en cualquier dirección.
Son los pájaros del hombre, dice Marcia, e intenta recor-
darle el rostro. Se golpea la cabeza, se maldice, lo maldice.
No recuerda nada.

VII

La vecina había ido a despertarla temprano. Baja la voz, las niñas están durmiendo. Para que la noticia tuviera mayor connotación, hizo más énfasis. ¿Te enteraste de lo que pasó con la muchacha de atrás de la tienda?, una no sabe hasta qué punto van a llegar los hombres, ¿y las mujeres?...

Hay casos y casos, mujeres cabronas que la cogen con los hijos de los maridos nada más que para darle en la cabeza a la esposa anterior. Peor fue lo que le pasó a la pobre muchacha de atrás de la tienda. Eso no se le hace a nadie. ¿Sabes de quién te estoy hablando?, de la hija de Cacha, la flaquita, la mejor de la escuela donde están mis muchachos.

Ay, mija, bosteza ahora porque cuando te cuente lo que le hizo ese hombre, te vas a parar más rápido que el cará. Tan flaquita que está la pobre. Cacha salió para la casa de su mamá porque estaba enferma y le dijo a la niña Cuando llegues de la escuela hazle la comida a tu padrastro que hoy tiene guardia, no se puede ir a trabajar sin comer. La muchachita se puso a cocinar. Tan flaquita esa niña. Él la cogió... te imaginarás lo que pudo hacerle. La niña está que no sirve para nada.

Cacha vino enseguida, no lo podía creer, cómo era posible si él la había criado como su padre. Eso sí me hizo llorar, la niña dijo que se iba a hacer abogada, que a ese lo mandaría a matar. ¡Y no lo dudes!, esa niña es inteligentísima, pero dice la gente que ojalá no la haya afectado sicológicamente. Se veía con muchos deseos de vivir. Al caminar, ¡la pobre!, parecía lisiada de la pierna izquierda. ¡Tienes que cuidar a las tuyas! Si uno de esos hombres que por la noche...

Lety miró a la vecina, que se quedó callada al notar que la observaban con odio. La había escuchado en silencio, pero hincó donde no debía. Quería saber quién había venido a la casa. Pensó unos instantes y se aconsejó. No vale la pena decirle Tú lo que quieres es saber quién vino anoche. Te morirás sin saberlo. Pensó en responderle Mírate la paja de tu ojo, y le recordaría, si es que la cosa era de recordar, que su situación familiar era desfavorable.

Siguió pensando qué le respondería. La vecina sonrió y le dijo No pienses tanto, mejor me voy. Tengo que pasar por casa de Amalia, de Vivian y de Bertica. Déjame arreglarme el moño, ¿estoy muy despeinada?, préstame acá ese peine. No presto el peine de las niñas. Lety lo recogió y la vecina se fue murmurando por el camino.

Marcia y Aleyda estaban abrazadas en la cama, se movieron un poco. Después Marcia paró la cabeza, preguntó ¿A qué vino tan temprano, mamá? Esa lo único que sabe es meter cuentos. Miró a Marcia, luego a Aleyda, que se movió, pero continuó aparentemente dormida.

Había traído a un hombre la noche anterior. Les dijo a las niñas Váyanse a dormir, pero no le permitiría a ninguno que se las maltratara, mucho menos por hacer el amor. Se acostó entre Marcia y Aleyda. Se compadecía afirmando Las haré unas mujeres correctas.

TERCERA PARTE

I

El marido de Vilma estuvo dando vueltas por el frente de la oficina. Marcia dejó de trabajar. Le preguntaré qué quiere, se supone que sea él quien me diga por qué Vilma no vino.

Andaba despeinado y sucio; se sentó en el contén y empezó a fumar. A ratos la miraba como si ella le debiera algo o le hubiera hecho algo, escupía. Marcia sintió miedo, pensó Pondré cualquier pretexto, me iré con el próximo que haga una entrega. Le quedaba claro que no le debía nada, pero últimamente Vilma le había dicho que la perseguía a todos lados, no sabía cuándo había dejado de trabajar y le exigía Por qué te arreglas tanto para ir a esa puñetera oficina.

Vilma le contaba que el hombre decía que eran influencias suyas. Marcia tuvo más miedo, Vilma andaba muy extraña. Suponía que algo raro tenía que haber ocurrido.

Antes Vilma hablaba de su esposo como el mejor padre y hombre. La complacía en todo, hasta que se fue a trabajar muy lejos. Vilma no se pintaba, solo hablaba de los hijos, del esposo que ahorraba para comprar el refrigerador. Marcia sabía que Vilma era muy joven para aguantar tanta soledad, pero Vilma comenzó a pintarse los labios, a teñirse el pelo, a dejar de contestarle la carta de la semana. Vilma no le dijo nada en las meriendas, sin embargo, lo supo desde el inicio.

El hombre seguía fumando en el contén. Marcia recordó la vez que él vino a la oficina y Vilma le gritó ¡No quiero muebles, casa, cocina, nada! Quiero vivir, vivir, ¿me entiendes? Nadie aguanta tanta soledad, esto se acabó. He dado la vida por ti, y la seguiré dando, ¿me oyes? Tú eres la madre de mis hijos y mi mujer, ¡mi mujer! Eso te lo perdono, pero no vuelvas a hacerlo, si no te mato. Vilma siguió con él a pesar de haber recibido golpes. Marcia recordó cómo había llegado con las gafas oscuras y fuertes dolores de cabeza.

El hombre estaba callado en la acera, escupía con más asiduidad. Se miraron sin quitarse la vista el uno del otro. No llegaba ningún recogedor a entregar las planillas, ella se impacientaba, ¿cómo era posible aguantar otra persecución? Se lo había aconsejado a Vilma, Analiza lo que haces, hay que tener cuidado con los hombres enamorados. Aquel estaba allí, en su espera.

Entonces recordó los sueños, se los había querido contar, pero siempre le decía Vives soñando, no seas tan supersticiosa, ¿qué leones ni qué ocho cuartos? No seas tan creyente. Ni tengo santo ni creo en Dios; y nada, mi amiga, la vida me va de maravillas. Cuando una encuentra lo que quiere no hay santo que valga, eso es tu santo. Desde que Vilma dejó de llenar los crucigramas de las revistas y copiar recetas de cocina, Marcia supo que las cosas habían cambiado. Vilma lo confirmó con el cambio de comportamiento, permanecía hasta bien tarde, retocaba el maquillaje.

Es la segunda vez que Vilma me hace esto, ese tipo pone nerviosa a cualquiera. Marcia recogió los papeles y ordenó el buró. Voy a hacer otras cosas a ver si se va; quizá se marche si me ve recoger. Cerró fuerte la ventana.

Por ahí no debe entrar tanta luz, por eso están ciegas, dijo el hombre, acercándose sorpresivamente a Vilma. Marcia temblaba, sentía el miedo sobrecogiéndole el rostro. No se lo demostraré, afirmó para ella. Terminé de trabajar por hoy, mañana es otro día. El esposo de Vilma suspiró y repitió Otro día, como si la lengua le pesara una tonelada.

El hombre miró el buró de su mujer y se acercó poco a poco. De forma rápida, y Marcia no supo cómo, registró las gavetas y regó los papeles por el piso. Marcia no pudo hacer nada, no sabía qué iba a decir. Salió con las manos vacías, se detuvo en la puerta y señaló hacia atrás, como si estuviera llorando, pero estaba muy sereno. Te voy a matar, enfatizó el hombre. Marcia no supo si lo dijo señalándola a ella o al buró de Vilma.

II

Rubén nunca imaginó hasta cuánto Marcia lo quiso. Ella no creyó que el hombre era quien enamoraba a la mujer. En cuanto lo conoció, afirmó Ahí está. No tuvo que hacer mucho para agradarle a Rubén, que claramente se percató de su interés. La sacó a bailar y ella le puso las nalgas en un giro. Se juntaron tanto que no se dieron cuenta de los cambios de la música. Te estás pasando, pero Marcia pensó No me creas, no siempre tienes que hacer lo que te digo.

Le gustaba estar presa en aquellos brazos. No tenía que hacer como decía su madre, ya había visto a Rubén y había averiguado cómo actuaba y con quién vivía. Aprovecharía la oportunidad, En definitiva, uno termina por regalarse, de todas formas una se regala, no es necesario tanto formalismo.

Rubén le preguntó ¿Te casas conmigo?, quiero una mujer que se case, que quiera tener hijos y hacer una familia. Una mujer que esté dispuesta a darme amor, ¿tú eres...? Lo calló con un beso y meses más tarde le dio un niño para que le pusiera Antonio, para que lo llamara Tito.

Me vine a enterar de que Rubén era mujeriego cuando tuve a Antonio. Fue mejor así. Si no, me hubiera dado más dolores de cabeza; por eso, cuando me proponía tener otro hijo, lo evadía. Me había mentido y tenía miedo de perderlo, de quedarme sola con dos muchachos.

Decían que Rubén tenía otro hijo. Cuando se llevaba a Antonio yo le preguntaba ¿Papá te presentó algún niño?, me contestaba que no, Fui a la casa de una mujer que tiene muchos caracoles y frutas. Esas noches le daba más cariño a Rubén. Terminaba confesándome No te dejaré por nadie, nunca, nunca, nunca. Entonces me quedaba más tranquila pensando que, aunque tuviera cualquier cosa, no iba a dejarme por ninguna.

La negra lo envolvió para acabar con nosotros. Nunca le dijo que estaba embarazada y él no quería tener ningún hijo con ella. Se lo dejó porque ya se había sacado unas cuantas barrigas, los santos le habían dicho que si no tenía este se iba a quedar sin hijos. Vete, si quieres ni te preocupes por el apellido. Pero ella también se enamoró de Rubén.

Cuando Rubén empezó a vomitar, lo confesó todo. Me pidió perdón; y válgame que le dije Sí, te perdono cuantas veces tú quieras, mi amor, esa negra acabó con nosotros. Su voz se perdía entre arqueadas. Me siento muy mal, cuida a Antonio, no sé qué me pasa. He sido muy cobarde, Marcia, muy cobarde. Yo te quiero mucho. Y se me fue. No sé si alcanzó a escucharme cuando le dije que no me casaría nuevamente.

Había ido a la casa de la negra, los había cogido juntos. Ella le lavaba la espalda con unos gajos y un agua olorosa, repetía Que mis santos te aclaren el camino. Fui yo quien le precisó Soy yo la que te lo va a aclarar a ti, negra e'mierda. La arrastré por encima de los santos, las velas, los cocos y los caracoles. Tu vida será una marea alta, pronto te irás en la marea para no volver. Me reí, sabía que algún día me tenía que morir.

Recuerdo los ojos de Rubén, su presión en mis muñecas, los labios violetas, el pelo de un color extraño. Los médicos diagnosticaron envenenamiento. Yo les preguntaba ¿Para qué?, Rubén no me dejaría sola con Tito; siempre fue un hombre valiente. ¿Qué razones tendría? No me cabía en la cabeza, no imaginaba qué veneno podría tomar Rubén. Me propuse matar a la negra, pero después del entierro se perdió para siempre.

Al final Rubén me dijo muchas cosas que no entendí, sí recuerdo bien, porque abrió la boca, Te quiero, Marcia, te quiero donde quiera que estemos. Perdóname, es que a veces uno cree que tiene que hacerle caso a esas que se abren así, tan fácil. Y me perdí, me perdí, Marcia, te perdí, perdí a Tito, aconséjalo. Cerró los ojos.

III

Marcia conduce un yipi por un camino estrecho. Si no manipula el volante con certeza, se perderá precipicio abajo. Unos hombres la persiguen en otro yipi. El de ella parece más lento, y el de los hombres se le viene encima cada vez más.

Los hombres sacan armas largas por las ventanillas, le disparan. Las balas no hacen diana en su cuerpo, al menos eso cree. No siente dolor. Los observa por el retrovisor, casi le pisan las gomas. Afinca el pie en el acelerador y levanta una montaña de polvo. Ríe, se les ha perdido.

Sin saber cómo, los hombres están a su lado. El camino parece una gran autopista. Muchos autos avanzan apilados. Les huye a los hombres haciendo zigzag. Ojalá que no saquen las armas, si no me joden. Por mucho que acelera, el yipi mantiene la velocidad. Los hombres ríen, la atraen con largas sogas, sin darse cuenta de que un árbol gigante divide la autopista. Marcia mira a los hombres, el árbol, los hombres, el árbol, los hombres, el árbol, el árbol, el árbol... No le salen las palabras, el grito que le muerde la lengua. Chocan.

Unos hombres uniformados, con cascos y armas largas, se la llevan al paredón. Uno trae un Jesucristo y Marcia intenta arrebatárselo. La golpean, la tiran de un lado para otro. ¡No les diré dónde está, es mi hijo!, no tienen derecho a quitármelo. La tiran contra el muro. Marcia descubre un cementerio de hombres vivos, agonizantes.

Cuando agonizan se les va la lengua, dice el jefe, tienen esperanzas de volver a vivir. Marcia siente asco, deseos de vomitar. Hay hombres con disparos en los ojos, la garganta, con los intestinos afuera, extienden las manos pidiendo ayuda y agua.

Primero me trago la lengua. Mire hacia allá, ordena el jefe, ese intentó hacerlo primero que usted. Marcia ve que al hombre le engancharon la lengua con un alambre. ¡No voy a hablar!, grita. El jefe y los soldados le apuntan y aprieta los ojos esperando la descarga. Ábralos, señora, no es a usted a quien vamos a matar, mire.

El muchacho de reclutamiento trae esposado a Tito, sonríe cínicamente. Tito parece otro muerto vivo: la camisa está roja de tanta sangre. No se le ven los ojos, los labios están partidos. Marcia escupe, la sangre se mezcla en el polvo.

El muchacho de reclutamiento le grita Tienes que acordarte de mí, cómo puede ser que tengas tan mala memoria, después de lo que hiciste cómo vas a decir que no me conoces, de todas formas te lo voy a matar. ¡Yo soy quien te lo va a matar! Lo acomodan en el muro. Marcia logra desamarrarse. Los hombres uniformados preparan las armas. El jefe continúa dando las voces de mando. Logra llegar donde está Tito, lo sostiene, le pregunta ¿Estás vivo? La descarga de fusilería la ensordece. Marcia comienza a llorar dormida, dormida grita, y se despierta.

IV

No quiero dormir, dormir me confunde, piensa Marcia; La vida es sueño y el sueño es la espera, a veces eso que me toca vivir mañana. Teme empatar el sueño; es de nuevo Tito y la guerra: lo reclutaban siendo niño y se llevaban a otros para el ejército con todo el equipamiento de infantería. Parecían hombrecitos caminando en fila india, chequeados por hombres gigantes al salir por una portería. No puede ser, se dice, y se voltea varias veces.

Después del frío intenso se repite la sofocación del calor. Se quita el gorro de la cabeza, las medias, y aparta las sábanas y las colchas. Desesperadamente agita un cartón. Quitara los náilones de la ventana, sostiene, pero el hombre puede observarme mientras sueño.

Comienza a sudar, a mojar las sábanas, a incomodarse. ¡Qué desgracia, no puedo echarme ni un poco de agua arriba! Al sudar así se levanta a conversar con Tito en el cuarto vacío.

Ahí está la bicicleta y la cama tendida desde hace varios meses. Son las mismas sábanas blancas de cuando partió. El polvo las ha manchado. Hay otras manchas que no son de polvo. Es mierda de los ratones que corren por el techo.

Se embelesa mirando la bicicleta, le prueba los frenos, revisa los pedales, el aire de las gomas. Si no regresas el día de mi cumpleaños, salgo a buscarte en la bicicleta, dice, no me importa donde estés, aprendo a montarla, la hago volar, flotar, lo que sea. Recuesta la cabeza en el sillín; no llora a pesar de que el llanto se le agolpa en los ojos y en la garganta. Le sacude el polvo y la deja quieta. Le pasa las manos a la almohada de Tito, a buena parte de la cama; en el centro, donde Tito dormía patiabierto y roncaba. Le dan deseos de tirarse para sentirlo más cerca, pero no lo hace. No quiere perder el olor de Tito, asegura, se conforma imaginándolo dormido, envuelto en las sábanas, como aquellas noches cuando lo revisaba de madrugada porque habían aparecido muchas arañas peludas.

Abre la gaveta de la mesita de noche y revisa las cartas de las novias que Tito dejó en un libro. También huele un pañuelo; tiene un perfume extraño, pero conserva su olor. El libro es de instrucciones para aprender a conducir. Tito quería ser camionero. Quería manejar un camión, con grandes gomas y una corneta chillona. Un carro alto desde donde se vieran los autos como hormigas.

Tito quería montar mujeres para ponerles un disco sabroso, para que se movieran al mismo compás detrás de la cortina en la caseta del carro, para que no fueran tan atrevidas ni empinaran las nalgas de frente y se pusieran las blusas y las faldas, que enseñan el portal del mundo.

En el mismo libro Tito había guardado recortes de revistas, los últimos modelos de carros promocionados por mujeres desnudas. Marcia sonríe. Él decía Con camiseta hasta de noche, y preparado para la guerra. Lo recordaba risueño, mostrando los preservativos.

Marcia siempre lee las cartas que Tito dejó. La primera es la de Anita, una muchacha que se desvivía por Tito y que a él no le interesaba. Una tarde ella no quería y él Claro que sí, tenemos que hacerlo. Y le metió los dedos. Se asustaron al ver la sangre, Anita corrió a decírselo a Marcia, llorando, apenada, que su hijo la había maltratado, que le dolía. Marcia la aconsejó como lo hubiera hecho una buena madre y al final le preguntó ¿Por qué lo hiciste si no querías? Ella respondió, casi en silencio, Me obligó.

Marcia le explicó las artimañas que pueden hacer las mujeres cuando no quieren hacer las cosas, De lo que tienes que estar completamente convencida es de que no vas a recuperar la virginidad. Después de tantas explicaciones y lloraderas, Anita lo volvió a hacer y Tito no escogió los dedos.

Marcia recuerda a Anita porque después fue Tito quien se enamoró de ella, y la muchacha se marchó con un turista. El mundo es tan disparejo, lamenta. Guarda las cartas donde Anita le juraba Juntos para siempre y amor eterno. ¿Por qué Tito nunca me ha escrito?, se pregunta; Te escribiré, mamá, desde allá se pueden escribir cartas, lo recuerda.

Pero después vino el muchacho de reclutamiento a comunicarle que se lo habían llevado para otro continente donde podía ver los leones, los monos y las jirafas de verdad. Marcia pensó en lo mucho que Tito se divertiría observándolos, porque cuando lo llevó al zoológico quería abrazarse de los cogotes de las jirafas, quedarse colgando, echarles comida a los leones.

Marcia odió más al muchacho de reclutamiento cuando trajo un nuevo mensaje, Señora, inesperadamente estalló la guerra, es una guerra de verdad. La mantendremos informada. En la mochila de combate llevan lápiz, papel y sobres para que escriban cartas, diarios. Ese día Marcia sí le lanzó al muchacho de reclutamiento lo que tenía a mano, ¡Tú, tenías que haberte ido tú para esa guerra!

Marcia piensa que debe estar muy bien. ¿Habrá encontrado otra Anita en la guerra? No dejaría de escribirme por una mujer. Seguro las cartas se las cogen en el buzón.

En varios vuelos trajeron cadáveres de hijos de la Patria. A Tito no, afirma Marcia, he visto las fotos en la televisión y escuché por la radio el listado de los nombres. No coincidió ninguno. Hubo un Antonio, pero no fue el suyo, fue el de otra madre, otra madre que sufría por otro hijo que se llamaba Antonio. El muchacho de reclutamiento no volvió. Tito jamás escribió, como si hubiera encontrado a su verdadera familia en el otro continente. Hace años terminó la guerra, se lleva las manos a la cabeza.

Comienza a tiritar del frío. Le tiemblan los labios. Siente ganas de golpearse la cabeza contra la pared. Es Ti-to Tito Ti-to. Le duele la pierna. El frío le ha revuelto el dolor. No puede olvidarse de su madre, murmura, que haya olvidado mis fricciones. No puedo vivir solamente con Julio, Aleyda, Vilma. Necesito vivir.

El dolor le da latigazos y se queja, apenas puede mover la pierna hinchada, negra. Ya ves, mijo, dice mientras se frota, si estuvieras aquí me darías unas fricciones en la pierna. Las fricciones con tus manos me alivian el dolor, me hacen dormir sin pesadillas. Regresa al cuarto, se pone las medias y el gorro, se tira encima las sábanas y las colchas. Tirita de frío, miedo, dolor. No quiere dormirse, aunque Julio la calme con el programa de esta noche.

V

Aleyda me estuvo esperando desde temprano. Había visto un movimiento extraño por el matorral de la esquina. Cantaron los pájaros y después un hombre salió a correr. Lo persiguió con la vista, se le perdió rapidísimo. Cargaba un saco en la espalda.

Aleyda estaba nerviosa, a ratos miraba la altura del sol y la esquina. Nunca pensé que fuera mentira tuya, afirmó, hay hombres descarados, vividores. La vi pararse con mucho enojo. Necesito un café fuerte, caliente, para calmarme. Siempre te he dicho que no te cases. Iba a encender el radio, suplicó Déjalo apagado, me atormenta, ya es suficiente. Quise cambiarme para hacer la comida. Déjame cocinar, esta noche me quedo contigo. Estoy segura de que tú no le encontrarás tantos defectos a lo que cocino.

Se notaba preocupadísima. Háblame, le dije, te hará bien. Dejó de picar las especias y quiso prender el fogón. La llama le subió hasta la cara, deseosa de quemarle los ojos. Gritó. Déjalo, yo hago la comida.

Estoy segura de que Tito nunca te haría lo que me han hecho mis hijos, me han tirado a mierda por irse a pelear gallos. Les dije que les iba a partir las bocas si volvían a faltarme el respeto, ¿y tú sabes lo que me dijo Esteban?, Atrévete y vamos a ver por dónde vas a salir. Hoy no voy a volver, y no les dejé comida, no voy a volver, aunque ahorita venga por ahí con ganas de matarme.

Le descubrí en el cuello unos hematomas sospechosos de ahorcamiento. Casi se me salieron las lágrimas, pero tragué en seco. La dejé continuar, Cuando traigo el dinero se lo lleva para las apuestas, a veces gana y compra algo para la casa. Así fue como compró el televisor, dice que es de él, que si algún día nos dejamos se lo lleva. Si pierde, igual exige la comida, y no me da un centavo para comprar nada. Nada, nada, nada, nada, nada, nada, nada. Ya, mujer.

Lo único que sabe es preparar los gallos para las peleas y enseñar a los muchachos. ¡Se los voy a matar! ¡Todos se los voy a echar en la olla! Hizo silencio, Desde que perdió el trabajo tenías que habérselo dicho, pero vio que te pusiste a trabajar y... se acomodó. Sí, mi hermana, mira que yo me he rejodío vendiendo dulces en esa bicicleta; no podía dejar que los muchachos pasaran hambre. Y ahora ellos que los deje tranquilos… ¡que se queden con él!

Volvió a hacer silencio. Me observaba en el ajetreo de la cocina. A veces me pregunto qué me pasó, los comparo con Tito. Ese muchacho no te dejaba sola, te ayudaba en la casa. Tú sabes que a mí nadie me ayuda a fregar ni a limpiar, todo yo, mamá, mamá, Aleyda. ¡Una mujer y mil hombres! Y por la noche Esteban exige, cómo que no quieres, qué te pasa. Déjame, Esteban, déjame, estoy cansada. Me voy a buscar otra mujer para la cama. Pues mira, ¡que se la busque!, que se la busque para la cama y para que le atienda a los hijos.

Pensé muchísimo en Tito, limpiaba la casa, me hacía el almuerzo para llevármelo a la oficina. Siguió hablando, Mamá nunca le aguantó golpes a papá, ¿por qué entonces yo...? Me abrazó llorando, ¿Cómo pude soportarlo? Me enseñó el cuello. Daba pena, hasta se me salió una lágrima discreta, le pregunté con rabia Cómo puedes aguantarle tanto, cómo. ¿Tus hijos lo saben? No.

¿Tú oyes el programa de Julio a las ocho? A veces. Hoy lo escucharemos juntas, verás que a una le dan muchas ganas de vivir. Julio es otra cosa. A veces quisiera conocerlo. Esteban lo pone casi todas las noches, yo no puedo oírlo mucho tiempo, enseguida me duermo. Julio es quien me ha hecho perderle un poco el miedo al hombre. Tú pudiste ver, me tiene condenada, esas cercas parecen las rejas y yo el león. Julio es el domador. Hay que hacer algo para espantar a ese hombre, con unos gajos de... No, no quiero brujerías en mi casa. Lo que le voy a poner es el machete en la espalda. Ojalá hoy se atreva a volver; lo vamos a coger mansito.

Hicimos la comida y nos bañamos. Aleyda sugirió tapar el baño con más náilones, que me podían espiar mientras me bañara. Ella misma los acomodó entre las rendijas. Pegó un grito. Salí corriendo a verla; había descubierto una rana. Prefiero ver leones, me dijo, me cayó en la espalda. ¿Cómo tú puedes bañarte ahí?, ¡y cómo hay grillos! Las ranas y los grillos son como los otros animales, Aleyda, son animales, nada más, de quien uno tiene que cuidarse es de los hombres.

Antes de acostarnos Aleyda hizo unas oraciones y lloró un poco. Le recordé lo juntas que habíamos vivido cuando niñas, que por eso no podíamos separarnos, quizás nuestros miedos existían por dejar de vernos tanto tiempo, por estar tan solas. Es verdad, me dijo. Llegó a asomarse debajo de la cama. ¿Te acuerdas? Sí, le respondí, nos abrazamos sonriendo.

Esa noche pude haber dormido tranquila, pero bien tarde Aleyda se tiró sobresaltada de la cama ahogándose con el llanto. Me voy, Esteban puede venir aquí a buscarme. ¿Qué vas a hacer? Me voy, Marcia, me voy. Se fue corriendo para su casa con la bata de dormir puesta.

VI

He llegado demasiado tarde para cambiar el juego. Ya están las piezas y las reglas. No puedo ser cobarde para salir. Es un juego peligroso, pero hay que jugarlo. Es una guerra, la gran guerra, la más grande. Es vivir una apuesta apostando por uno mismo. Ya perdí bastante, no puedo perder otra vez.

Desde el puente el agua es clara. Me paro a olvidar la guerra, busco el futuro y la libertad. El agua es clara, el futuro y la libertad no rompen la transparencia, perduran siendo invisibles. El futuro y la libertad son invisibles. Quizás nunca existieron. Ese muchacho no sabe ni de la libertad ni del futuro. Sin Tito sí es verdad que no tengo libertad ni futuro; cuando a una madre le quitan los hijos, le matan ambos: libertad y futuro, la matan completa.

No fui al acto de despedida a firmar ningún juramento. Levanté a Tito muy temprano para que desayunara, fuera al baño, pudiera leer un poco y tardarse cuanto quisiera, para que no le diera dolor de estómago después de subirse a los camiones o a donde fueran a subirlos, a apretujarlos con otros Titos, otros Antonios, otros muchachos. No pude pegar los ojos pensando en la partida. Lo observé toda la noche al lado de la bicicleta. Le velé el sueño para que fuera su mejor noche y siempre tuviera muchas ganas de regresar a dormir en su cama.

Las estrellas eran amarillas. Tito había prometido cazar dos estrellas blancas para alumbrarme el cuarto y aclarar el camino. Cuando venga tienes que haber tejido la red, mamá, solo voy a coger dos. Y yo no quería tejer nada. Quien teje se desespera, no se puede tejer para esperar a nadie. Nadie llega. Le dije Sí, mijo, la tendré; procura regresar. Claro, mamá. ¿Tú ves aquellas que se ven desde tu ventana?, esas te las voy a colgar en el centro del techo, ya verás qué clase de luz. Y esa misma noche desaparecieron las estrellas como si fueran *sputniks*.

Seguro el muchacho de reclutamiento permaneció al lado del oficial superior para anunciarle mi llegada, Es aquella, la mujer que trae el pañuelo y las gafas, mírela bien, es inconfundible, tenía que venir a firmar la partida del hijo.

No vine al puente a olvidar a Tito; vine a encontrar otra libertad y otro futuro. Desde este lugar una mujer se dejó caer hasta allá abajo. Descubrieron que estaba embarazada. Era una muchacha linda, de dieciocho años, estudiante y abandonada por el novio y los padres. Dicen que la muchacha aprovechó la noche oscura y lluviosa. Ninguna mujer debe suicidarse cuando trae a un hijo, ahí es cuando comienza a jugar su juego, a mover las piezas. Yo no vine al puente a salir del juego como la muchacha.

Antes de marcharse, le di un abrazo a Tito y un beso en la frente, Confía siempre en mí, regresarás a cazarme las estrellas; vete, no mires hacia atrás, perseguiré el viento para ir hacia ti. Lo vi alejarse despacio.

He vuelto al puente a tirarle piedras al agua, a las otras piedras. Tito se marchó y me quedé sola, pero hablé con Tito después de marcharse, le dije arrodillada, al frente de la cama, Cuando vuelvas a la guerra alístame, prefiero morir antes que verte dándome la espalda. Me reconozco vencedora ante el muchacho de reclutamiento, aunque perdí a mi hijo.

Seguro ese muchacho se quedó esperándome, mirando por encima de todos a las madres para situar mi posición y acariciarse las partes que le diera la gana. Volvería a insinuarme con los ojos y el movimiento de cabeza, a querer recordarme aquella noche, a amenazarme con Tito. Pero ya Tito estaba en las filas y no se podía hacer nada, ni aunque me conociera el oficial superior. Por hombres así, la muchacha del puente, estudiante de dieciocho años, abandonó el juego sin llegar a la mitad. No deberían nacer mujeres cobardes, de puentes.

Pudiera creer que María Teresa Vera me acompaña junto al muro, siento su voz pausada que me susurra al oído e imagino que se inspiró en mí al ver que Tito partió. Soy María Teresa Vera mientras el agua se pierde por debajo del puente culebreando, cantando conmigo: *con qué tristeza miramos*, y el agua se lleva la libertad, *un amor que se nos va*, y el agua se lleva el futuro, *es un pedazo del alma*, y el agua me lleva, y me arranca, sin piedad, el recuerdo.

VII

Las niñas se metieron debajo de la cama después del almuerzo. Como Leticia les prohibió salir a jugar, decidieron hablarles a las arañas e indicarles por dónde debían tejer las figuras para capturar las moscas, los mosquitos, las tataguas, las mariposas y los animales enormes que les venían a la mente.

Con las redes de las arañas se domaba a las fieras y a los animales más veloces, pero las arañas no eran tan poderosas para apresar con sus redes al padre y obligarlo a quererlas, ni apretándole el estómago ni sacándole la lengua.

Leticia andaba extraña. Se fueron a pedirles a las arañas que por favor amarraran a su madre, que no le permitieran soltarse las manos, que se las amarraran bien fuerte para que no intentara nuevamente envolverse en las sábanas y echarse alcohol encima.

La vecina había venido temprano a comentar lo de la hija de Cacha. La escucharon a pesar de hacerse las dormidas. Después Aleyda le preguntó a Marcia por el hombre que había venido. ¿Verdad que no nos hará lo mismo que a la muchacha de atrás de la tienda? Yo me ocuparé de cuidarte, Aleydita. Una noche Marcia aprovechó cuando su madre salió al baño y se metió en el cuarto. El hombre estaba dormido, pero lo despertó. Le dijo muy bajito Si vino a hacerle daño a mamá o a nosotras, mejor váyase. Lo desafió apuntando el dedo hacia la puerta. Al hombre ni siquiera le dio tiempo abrir bien los ojos. Apenas Marcia sintió los pasos de su madre, corrió a su cama. Tuvo miedo de que el hombre le dijera algo a Leticia y viniera a regañarla.

Marcia le explicó a Aleyda cómo amarrarían al hombre con las telas de las arañas si intentaba hacerles daño, no había por qué tenerle miedo. Leticia tiraba las cosas. Las niñas acertaban en pensar que el problema era aquel hombre que entró en la casa por la noche. Habían escuchado que él no se podía casar. ¿Qué te prometí?, tú misma te engañaste. No sé por qué me enamoré. Habla con el padre de las niñas, que te dé dinero. No es dinero lo que quiero, no es dinero.

Las niñas conversaban debajo de la cama. Aleyda le preguntó a Marcia si algún día las llevarían a montar en coche alrededor del parque y le comprarían cornetas y caramelos. Hicieron silencio porque las vasijas dejaron de sonar. Lety se había ido al patio. Las niñas salieron de abajo de la cama y empezaron a llamarla en la cocina, en la sala, en los cuartos. No la encontraron, el llanto en el fondo del patio no la dejaba escuchar. Marcia y Aleyda fueron a la casa de la vecina. Enseguida que las vio preguntó por Lety.

Marcia halaba a Aleyda por la mano. Nadie entendía por qué andaban llorosas. ¿Le pasó algo a su mamá? No contestaban. Sentían miedo. ¿Y si salió y no la escuchamos? Corrían, caminaban aprisa, desconsoladas.

Retornaron a la casa, empujaron la puerta. Escucharon a su madre gimotear en el patio. Fue como si volvieran a tener la luz en los ojos. Aleyda le imploró Mamá, no queremos verte más así, envuelta en esas sábanas bañadas de alcohol.

CUARTA PARTE

I

Rubén corretea desnudo por la casa. Entra y se pierde como aparecen y desaparecen las estrellas del techo. Llama a Tito tan bajo que apenas se hace audible. Rubén habla con Tito en el cuarto, le trae un timbre nuevo para la bicicleta y un foco que le quitará de encima toda la negrura de la noche.

Hace sonar el timbre de la bicicleta; se oye su ruido penetrante, cientos de voces. Por encima se distingue la voz de la negra que implora a los santos. Camina por el cuarto envuelta en sábanas como un fantasma. Ríe, apaga un montón de estrellas. Te quitaré la luz, grita, te quitaré la luz. Le rompe el pantalón a Rubén, le agarra los testículos. Rubén mira hacia arriba, aprieta los ojos y abre la boca aguantando el grito. La negra ríe, saca una navaja; pica los testículos de Rubén, muerde el pellejo, lame.

Sigue envuelta, triunfal. Llama a los leones para alimentarlos con los testículos. No hay leones. Rubén no grita, las garzas se posan en su cabeza y le picotean los ojos, le carcomen la nariz. Rubén aprieta las manos, parece que se le van a partir los dedos.

Cae una estrella, otra, varias. El techo comienza a quedarse sin luz. La mujer se echa en la boca los testículos de Rubén. Entonces aparecen los leones con las bocas abiertas, las garras afiladas. Sin quitarle la sábana, le destrozan la cara.

II

Esta es la noche, claro que tiene que ser esta. Hoy es mi cumpleaños, dice Marcia y mira por donde se irá el sol, por donde mismo vendrán los pájaros como soldados a pasodoble a crucificarle la cabeza.

No sabe cuántas veces se ha asomado al camino. No le importa, lo verá aunque sea en la vez número mil, tres mil. Tiene la esperanza de verlo llegar risueño, corriendo hacia ella con los brazos abiertos, y un Mamá ensordecedor. Por supuesto, vendrá desprovisto del equipaje de infantería. Traerá su cara limpia y lisa, juvenil, la misma cara de niño de cuando partió.

Echa a correr al imaginar que llega en el carro que se detiene y pita en la carretera. Entra, el chofer estaba orinando. Debería perderla por sacársela ahí mismo, los perros van más lejos. Si estuviera cerca le caía a pedradas. Llegará, dice, hoy es mi cumpleaños.

Marcia continúa entusiasmada, al salir le baja el volumen al radio; al entrar lo sube. Canta: *con qué tristeza miramos, un amor que se nos va, es un pedazo del alma que se arranca sin piedad*. Pero esta vez, María Teresa Vera se equivocó. Volverá, Tito volverá a arrancarme la tristeza.

El día anterior le había dicho a Vilma que no iría a la oficina, era su cumpleaños, estaba segura del regreso de Tito. Vilma le dio un abrazo y la felicitó. Tienes derecho a ser feliz, mi amiga, pero a veces los sueños... y dejó inconclusa la idea. Marcia hizo un gesto extraño cuando le mencionó los sueños. Enseguida Vilma le dijo Seguro que le harás un arroz con pollo, tostones y ensalada de tomates. Sí, por eso no puedo venir. Por la mañana voy al mercado a resolver las cosas. Es verdad, cógete el día, pero acuérdate de que si al final no ha llegado es que seguro no lo dejaron venir. Los militares no creen ni en sus madres, mucho menos en fechas importantes. Él vendrá. Lo viví. Me ha dicho que no podrá dejar de verme. Es verdad, Marcia, las madres sentimos a los hijos, aunque estén lejos. Vilma la miró con brillo en los ojos. Déjame regalarte un ramo de girasoles, aunque te los traiga pasado mañana.

Marcia recuerda a Vilma, Mañana llevará a la oficina el ramo de girasoles; tenía que haberle dicho que me lo trajera a la casa, a lo mejor me sorprende. Se verían muy bien en el centro de la mesa mientras Tito come. Lo imagina desmenuzando la carne, embarrándose las manos y la boca de grasa, sonriente, chupando los huesos, complacido. Le prepara una fuente grande con tomates sazonados con vinagre, aceite y sal. Seguro Tito le echará el jugo de los tomates al arroz. Es la cara de Tito, la cara, la cara. Sonríe.

El radio suena alto, pero de todas formas ella diferencia los ruidos y los gritos en la carretera. Marcia canta y baila al unísono con el radio. Sigue en la cocina; ya el buen olor invade la casa. Así le gustaba, piensa. La olla de presión suena, despide el olor del arroz con pollo.

Aún es temprano; constantemente se asoma para ver la caída del sol. Los dos se sentaban en el portal a despedir el día. Quiero que llegue la noche, murmura, que Tito esté conmigo y encuentre al hombre, que lo mate. Vigila la esquina por donde sabe que vendrá. No le dejaré espacio, asevera, Ahora debo de pensar en Tito, Tito, solo Tito y nada más.

Termina la música, después de un *spot* el locutor abre el boletín de noticias. Un primer país atacó a un segundo. Murieron doce niños acribillados en medio de la manifestación. ¿Por qué tienen que existir las guerras? Pierde el hilo de la noticia pensando en Tito con el casco puesto, les dispara a los niños. El que va a la guerra tiene que matar, se pone nerviosa. No picaré los tomates ni los plátanos, me sentaré un momento.

El locutor regresa a comentar las bajas del ejército a pesar de la ocupación del primer país. Marcia no cree que Tito haya sido una víctima. Siempre le gustó ponerse escudos para jugar al guerrero, traería un chaleco. ¿Y si le tiraron una granada o pisó una mina? Cambia el dial, ninguna emisora trasmite un programa musical. Son las siete, a las siete solo se pueden escuchar las noticias. Apaga el radio. La olla suena, persiste el delicioso olor a pollo. Sale nuevamente al camino secándose los ojos.

A Marcia se le pierde la vista en los carros que suben o bajan, en la gente que camina, en las bicicletas que vienen y van, en el verdor de la montaña que se levanta al horizonte, en las nubes grisáceas que corren a chocar con la montaña y muestran que la tarde se ha ido; el resplandor mantiene un amarillo quemado.

La montaña va perdiendo el verde. De todas formas, su vista permanece clavada entre los árboles. Quiere vestirse de verde. Volar, posarse como los pájaros, como si las hojas fueran colchones de espuma.

Tito aprendió a enmascararse, no lo alcanzarán los leones. ¿Y no suben los árboles? Siente miedo, mucho miedo. Tito llevaba fusil, les dispararía en la cabeza. Pero Tito volverá, él sí que no cree en leones, ni en las fuerzas enemigas.

Hoy Tito volverá, habrá rayado el almanaque en mi día. Me habrá comprado un ramo de flores para adornar la mesa. Este no es un día para cartas, es un día para estar juntos, y él vendrá para estar junto a mí.

Se pone de pie y corre a la cocina porque se le ha pasado de tiempo el arroz. No puede quemarse, hoy no puede quemarse. Destapa la olla; huele muy bien. Canta junto al radio. Hoy es mi cumpleaños, hoy regresa Tito de la guerra. Se entusiasma. No me quedaré como Hilda, asegura, la pobre. Eso no es bueno ni pensarlo.

Hilda hablaba del regreso de su hijo para año nuevo. Entre ella y el padre habían cebado un puerco para el recibimiento y le habían llenado el armario de camisas. Hilda y el padre discutían a menudo con el muchacho por no trabajar. Después que se fue querían tenerlo en casa, aunque durmiera hasta las once, aunque tuvieran que despertarlo o prohibirle las salidas de cacería.

Hilda asentía de esquina en esquina, Me llevaron a mi hijo a cazar hombres, rompía a llorar. Adelgazó en extremo, se le veían los ojos profundos y los huesos del cuerpo. Su esposo empezó a hablar solo mientras caminaba. Hilda y su esposo hablaron el día en que el muchacho de reclutamiento afirmó con la cabeza y se echó a llorar en los brazos de ella como si él fuera el doliente. Entonces el esposo habló muy alto, tan alto que se escuchó en todo el barrio. El muchacho de reclutamiento salió con la carpeta y la bicicleta, seguiría dando la misma noticia a otras familias, tiraría nuevamente la cabeza sobre otros hombros.

No había arribado ningún vuelo, pero se sabía la noticia. Lo traerán pronto, había dicho el muchacho de reclutamiento, hay que esperar a que caigan más. No se puede dar un viaje a inicio de semana, hay que esperar el sábado. Entonces Hilda empezó a cargar la foto de su hijo en el pecho, el esposo empezó a decir que estaban viejos, que ya no podrían tener nietos.

Hilda y el esposo supieron que había sido una mina aquel sábado, era una caja pequeña la de su hijo. Ahí no pueden estar todos sus huesos, decía, y le quitaba la bandera al ataúd. Ni siquiera puedo verlo muerto, gritaba. El esposo no fue al entierro. En la despedida del duelo tocaron cornetas y hubo disparos, hablaron de una nueva lista de mártires. Hilda no creyó en cornetas ni en medallas. No le interesaba que le pusieran a la calle ni a la nueva escuela el nombre de su hijo.

Retorna al camino. No quiere a nadie que no sea Tito. Mucho menos al muchacho de reclutamiento. Yo sí no le permitiré al muchacho ese que me haga lo mismo que a Hilda, no le permitiré que me traiga medallas. Nunca más lo dejaré acercarse, el día antes de la despedida fue su último día. Recuerda la última vez. Le cerró las puertas y él después volvió, pero no lo quiso ver. Nunca más le facilitaría que se acercara, incluso él había ido hasta la oficina. No le di el frente, pero no fue por cobardía, basta ya de soportarlo, nunca lo dejaré que me diga algo sobre Tito. Y mucho menos que… Tito vendrá hoy porque es mi cumpleaños. Se acordará de mis fricciones, de la comida que tanto le gusta.

Pondré a calentarle agua para que se dé un baño, le quitará el cansancio de tanto tiempo. Echa bastante agua, Le bastará para lavarse la cabeza. Marcia recuerda las veces que le estregó la espalda. Hoy podré volver a hacerlo, sonríe.

Pone en la mesa la ensalada, los vasos para el agua y las cucharas. Esperaré a que llegue para servir la comida, se mantendrá calientica mientras el agua esté en el fogón.

Vuelve a asomarse al camino; es de noche. Cierra las puertas, las ventanas, y se baña. No voy a dejar que el hombre me atrape poco antes de llegar mi hijo. Marcia se encierra. Cantan los pájaros por la esquina, Si el hombre viene me fajo con él.

Busca las fotos y no las encuentra, las recogió todas el mismo día de la partida. Podré ponerlas otra vez, afirma, lo tendré cerca. Hace memoria, cuenta las fotos del álbum con los ojos cerrados, Las que faltan se las llevó Anita, él mismo las regaló.

Una brisa fresca comienza a adormecerla. Le suena el estómago, le fastidia el hambre. No esperaré a Tito, llegará más tarde. Va a la mesa y se sirve. Tito nunca llegó temprano para la comida. Llegará después de dormirme, ¡ese muchacho!, le gustan las comidas frías. Recuerda que el fogón continúa encendido calentando el agua. Ya debe haberse gastado más de la mitad, asegura, y corre a apagarlo. A Tito nunca le gustó la comida caliente.

Después de comer regresa al balance, Llegará cuando más entretenida esté escuchando el programa de Julio. Tenía que haberle escrito una carta para que me felicitara por mi cumpleaños. Tito vendrá, no hay nadie mejor que Tito. Julio me ha hecho compañía, pero la de Tito es mejor. Julio tiene su familia y Tito es la mía. El querer de Julio es otro querer.

A pesar de la oscuridad, sale al camino. Es la última vez, mira fijo hacia adentro de la oscuridad; se cruza de brazos. Esta noche no hay estrellas, pero vendrá. El aire le revuelve el pelo, la brisa fresca se ha convertido en una ráfaga violenta y constante que ruge. Suena el techo, las ramas de los árboles se doblan casi hasta partirse. No lo puedo entender, no lo puedo entender, y regresa. Parece que esta noche ha venido un batallón de pájaros, aletean en el techo. Apaga el radio. Julio está al salir al aire. Necesita silencio, mucho silencio. Se va para el cuarto. Esta noche no supervisa el machete al lado de la pata de la cama. Necesito silencio, mucho silencio.

Se tapa los oídos con las sábanas; tararea a María Teresa Vera. Después de repetir el estribillo varias veces, levanta la cabeza y mira hacia la ventana. Hoy es mi cumpleaños, Tito no puede ser un sueño, fui yo quien lo parió, tengo derecho a que vuelva, a que me lleve a la guerra cuando regrese. Esta tiene que ser la noche, no hay otra, es hoy, aunque no haya estrellas blancas.

III

A pesar de las arañas y de la larga mirada de Leticia, las muchachas se despidieron. Siempre repetía Son mujeres, las mujeres están condenadas a irse.

Aleyda llevaba varios años de noviazgo con Esteban, aseguraba que el matrimonio no le fallaría, lo tenían todo listo; pero Marcia había conocido a Rubén bailando en una fiesta y se iban a casar de un día para otro.

Marcia se marchó primero, se notó un gran vacío en la casa. Lety temía que fracasara, que Rubén la dejara después de lograr lo que quería y tuviera que volver al otro día. No durmió en el transcurso de la semana. Esperaba a Marcia cabizbaja por el camino, tocaría la puerta a medianoche.

Aleyda fue más sosegada, Esteban llevaba tiempo visitando la casa. Después de la boda de Marcia, Esteban apuntó Ya está bueno, nosotros también tenemos derecho a casarnos, tienes que irte a vivir conmigo.

Lety, que les traía el café, tuvo que regresar a la cocina. ¿Mamá, le falta mucho al café? Tenemos que decirte algo. Ya estoy colando. Golpeaba la pared, se secaba los ojos. No tenía fuerzas para llegar a la sala. Los oía reír, comentar el nombre que les pondrían a los hijos si eran hembra o varón, los planes de casa y trabajo después de casados.

Cuando se fueron, decidió tejer. En definitiva, eran dos mujeres.

IV

Más allá de la ventana hay una negrura impenetrable. Desesperada, Marcia arranca los náilones. El calor es más sofocante, el sudor necesita secársele en el cuerpo antes de que le dé mal olor. No me echaré aire con el cartón, afirma, este calor no es por falta de aire.

Es un calor interno que la sofoca, la ahoga. Si el hombre quiere que venga, abriré porque me da la gana, si quiere que venga. Abre rabiosa la ventana, apoya las manos en el marco y observa el negro arriba, el negro abajo, negro sobre negro, sin un agujero de luz.

Soñaba con Rubén. Los pájaros hacían los nidos en el techo, cantaban dulcemente. Rubén la arrullaba al oído, la erizaba. Marcia intentaba evadir la respiración de las orejas, del cuello, la nuca. Rubén le gorjeaba suave, demostrándole que era él quien estaba a su lado, quien la hacía apretar los ojos, sentir escalofríos, temblores. Rubén la desnudaba haciendo un rito. Comenzaba a inquietarse, a querer sentirlo completo. Pero Rubén se transformó en una densa neblina.

También pueden venir los pájaros, mira el horizonte de la negrura. Después que apareció esa mujer no pudo más, lo ve voltearse, escucha el llanto al lado suyo, jurando No estoy con nadie, Marcia, con nadie, no puedo. ¿Me quieres todavía, Rubén? Igual que cuando te saqué a bailar; pero no sé qué me pasa, no puedo ni tomando pastillas ni cocimientos. Te quiero mucho, Rubén, no me importa.

Hoy sí me importa. Aspira y espira profundamente. Nunca tuve otro hombre. Mueve la cabeza como si los pájaros estuvieran haciendo nidos. Pasa sus manos por los senos, los labios, Nunca pensé traicionarlo, si llega el hombre... No querrá atacarme de esa manera.

Quiere definirle el rostro al hombre, pero es la cara de Rubén la que se le pega en los ojos. El hombre sin camisa: es el pecho de Rubén, más abajo son las piernas de Rubén. Si lo hubiera visto lo recordaría. En los sueños le conozco hasta el último pelo, pero en la realidad... no sé, no sé quién es, no tengo vecinos cerca. No es el muchacho de reclutamiento y no sé de nadie a quien yo le pueda interesar. No puede ser Julio, a Julio solo lo escucho.

Cierra los ojos y entreabre la boca jadeante, estira la cabeza hacia atrás. Puede ser el esposo de Vilma, el muchacho de reclutamiento, Esteban, Rubén. No se detiene a mirar a los hombres cuando va a la oficina. No tiene otros rostros en la memoria, otros cuerpos. Son el esposo de Vilma, el muchacho de reclutamiento, Esteban, Rubén. Se transfiguran. Ojalá que viniera el hombre, muestra los senos. No sabe cuán peligroso puede ser. Lo que quiero es que me estruje, a lo mejor se me acaban estos calores, a lo mejor lo que necesito es un hombre. Y abre los ojos exageradamente, creyendo que lo verá acercarse por el camino.

Esperaré, agarra sus senos y los apunta hacia allá. Todo se le hace más oscuro. El hombre aparece más diáfano, encima de ella, detrás de ella; ella dándole la boca. Suda. Siente frío. El hombre la absorbe. Comienza a sudar. Carajo, me voy a morir por tantos cambios de temperatura. Le corre el sudor por la frente. Parece que me voy a deshidratar. El hombre parece insensible. Marcia se impulsa, ¿cómo puede ser que no sienta?, tiene que sentir, tiene que sentir. Se impulsa y lo balancea, se balancea. Llora bajito.

Hacía años que no tenía un orgasmo. Seca las lágrimas, mira el camino. Tampoco el hombre quiso venir esta noche. Le di una oportunidad, si no vino a esta hora, la perdió.

V

Las dos me hicieron la gracia a la misma vez, como para acabar de volverme loca. Primero Vilma, el marido aseguraba que la había visto entrar en la oficina y yo Que no, Vilma todavía no ha venido. Cállese, la puedo matar a usted también.

Hice silencio. El esposo de Vilma apestaba a alcohol, se le sentía al otro lado de la calle. Salí, lo dejé revisar los papeles que quiso. Preguntó si no trabajaba con nosotras un hombre alto, blanco, andaba siempre con una gorra azul. Me quedé callada. ¿No me oye, o está sorda? Ya lo sé todo, lo sé todo. No me diga nada; la puedo matar también.

Revisó hasta en el baño. Se paró en la puerta y miró hacia la calle, La voy a coger, esa mujer es solo mía. A las mujeres así deberían de quemarlas, aunque nos quedemos sin mujeres; yo le voy a dar lo que merece. Quise irme a avisarle, pero empezaron a llegar los recogedores, era fin de mes y había que entregar nuevas planillas. No podía dejar la oficina sola; los recogedores me aconsejaban que me calmara, Esa Vilma sabe cómo hacer las cosas. Tú eres la única ciega, quién se iba a creer que lo esperaría tanto. Esa Vilma lo que es una descarada, al principio se le veía con la cara metida en los papeles y vestida como una monja... Cállate, le respondí al recogedor, a veces ustedes son más chismosos que las mujeres.

Y el recogedor se fue murmurando Las mujeres, las mujeres, esos seres extraños, ¿qué quieren? Los hombres convirtieron a Vilma en ese ser extraño que había dejado de confesarme sus secretos a la hora de la merienda, ellos eran los que andaban detrás de ella, insistiéndole, Tu marido está lejos, y ella empezó a sentir la soledad. Una misma es quien sabe hasta dónde puede aguantar; la mujer puede vivir sin el hombre. Yo viví, sobreviví. Desde que Rubén me dejó les huí. Vilma los atendía demasiado, los escuchó. Pobre Vilma, esos mismos son los que hablan después. Yo la hubiera aconsejado a tiempo.

Cuando iba para la casa me encontré al marido sentado en un banco, con una botella de ron. Apresuré el paso, lo sentí pisándome los talones. Empezó a decirme Vamos, te voy a acompañar esta noche para que veas como dejas de soñar boberías, todas ustedes son iguales; vamos, Marcia. Me cogió por la mano, pero me zafé de un tirón y salí a correr. Estaba débil, cayó al suelo.

Todas son iguales, coño. Son unas putas. Tú también debes estar acabando con los hombres de esa oficina, ¿esperas a tu hijo? Rio. Corrí más fuerte para no escucharlo. Dile a Vilma que la voy a encontrar, tengo que templármela antes de matarla, ¡la voy a matar, cojone!

Se me quedó su imagen frente a mi rostro. Me puse a pensar que me bañaría, unas pastillas y a dormir. Los leones daban vueltas en mi cabeza. Vilma le contaba a su esposo los colores y los sonidos de mis sueños.

No pensé en los pájaros ni en el hombre, mucho menos encontrarme a Aleyda adentro de la casa. Pegué el grito cuando la vi sobre la cama. Cállate, nadie puede saber que estuve aquí. ¿Esteban te pegó? ¿Les pasó algo a los muchachos? Déjame hablar...

Anoche me dijeron que podían vivir sin mí. Esta mañana, salí a vender dulces y vine para acá. Me despedí de mamá en el cementerio, y vine a despedirme de ti. ¿Y para dónde te vas? No sé, me voy a caminar el mundo. Primero voy a visitar a mis amigas, después no sé. ¿Lo pensaste bien? Sí. ¿Y los muchachos? Están muy engreídos, se tienen que dar cuenta de que la madre que los parió no tiene precio, que los gallos son una mierda. ¿Y quién les hará la comida? Esteban sabe cocinar, que vuelva a hacerlo, que aprendan. Cuando vengan a verte tú no me has visto. No te preocupes, yo voy a casa de mi amiga. Yo te llamo a la oficina todos los días, también quiero saber de los muchachos. No vayas a hacer locuras.

Por primera vez tengo decisión propia, me voy, ya está bueno de ser un animal en la casa. Haciendo por todos y nadie hace por mí. ¿Tú sabes qué cantidad de dulces tengo que vender aterrillada al sol para comprar la comida?, y después me dicen No me gusta la sopa, ¿no hay un huevo ni una carnecita? Me cansé, Marcia, me cansé. ¿Tienes dinero? Por fin supe dónde guardarlo para que no me lo robaran y lo apostaran. Con eso me alcanza. Me dio un abrazo y me dijo que la puerta estaba abierta. Cuídate de ese hombre; aunque pensándolo bien ¿por qué no le echas un ojo?, quizás algún día te pueda hacer compañía, que no estaría mal. De todas formas, nadie lo sabría, aquí nadie se entera de nada. Necesitas despejar, tantos números en la cabeza te hacen soñar, ver cosas. ¿Tú crees que yo…?

Dame un beso, Marcia, acuérdate de que la semana que viene mamá cumple, ve al cementerio por las dos. Me abrazó y se fue casi corriendo. Quise decirle Casi es de noche, vete mañana temprano. No me dio tiempo.

VI

Tienes que ser fuerte, le dije a mi hijo con los ojos duros. No voy a dejar de ser tu madre en ningún lugar, y menos por alguien extraño a nosotros. Olvidé decirle que se llevara el tiempo y el recuerdo, que me diera algo de beber para no soñar.

VII

Los aviones nublan el día. El muchacho de reclutamiento mira hacia arriba y luego a ella. Los aviones de guerra lanzan paquetes, pero mientras caen se definen los cuerpos de hombres muertos, soldados. El muchacho de reclutamiento intenta decirle su nombre, echarse sobre su hombro. Marcia lo observa con deseos de agarrarle el cuello, tomar un fusil y acribillarlo, tener un avión a su disposición para dejarlo caer vivo desde una gran altura. El muchacho de reclutamiento saca de la carpeta unos papeles y una cajita con una medalla. Marcia observa los aviones. Debería caerle uno en picada al muchacho en la cabeza.

Los aviones son leones, unas nubes gigantes que se arrastran. Cierra los ojos. La oscuridad es inaccesible para los leones. Cornetas. Disparos. Banderas. No hay leones por ningún lado. En el fondo se abre una boca cualquiera con el grito contenido, y unos ojos blancos sin párpados lagrimean sangre. Una mano grande, muy grande, enorme, se acerca a taponar la boca, a cerrar los ojos. Taponan su boca, cierran sus ojos. Define la mano del hombre, los alambres que se retuercen.

Marcia llora. Aprieta la cara con las manos. Teme abrir los ojos, encontrar las sábanas sucias del cuarto de Tito, vacío, la gaveta abierta, los cuadros sin fotos. El aire silba entre los náilones de la ventana. Los mira un momento y los arranca, Que entre aire por la ventana. En el radio, Julio habla sobre los últimos soldados de la Patria. Explica que esta noche no transmitirán su programa para despedir el duelo del último grupo de soldados. ¿Cómo es posible que Julio también se haya prestado para eso? Descansa la cabeza sobre la almohada. Irresistible la voz de Julio, dice, el encanto de su voz, ¿alguna vez tendría encanto? Tira el radio contra el piso, intenta cortarlo con el machete por cualquier lado. La guerra se acaba si yo quiero, si viene el hombre lo voy a matar, soy yo quien puede matarlo. Si viene el muchacho con su carita muerta lo despedazo sin machete, le afinco las uñas en la cara, la hago flecos, que se me llenen las uñas de tiras de pellejo. Aunque venga un batallón los venzo. Le demostraría a Vilma y Aleyda cómo hacer con los hombres, y en el cielo, mamá me dará la razón. La guerra se acaba si yo quiero, hace veinte años que estoy mirando con la misma tristeza. Ya no me falta un pedazo del alma, me falta el alma.

Pega un grito, aprieta los ojos. Sabe que tiene que abrirlos, otra vez no será un sueño, encontrará esa cama, la gaveta abierta, la biblioteca empolvada, el álbum de fotos, esos recuerdos en todas las paredes. Levanta el machete, lo lleva a la garganta. Una vez soñó que degollaba así a un león. ¡Ay, Rubén!, ¿por qué me dejaste con esta lucha? Tira el machete debajo de la cama. Se va a la gaveta abierta, a las fotos, pero esta noche no aparece ninguna de Tito, como si las hubiera regalado todas. Solo está una foto grande de Rubén.

¡Eso es obra de esa negra, ella fue quien me jodió la vida! Rubén sonríe en la foto. ¡Y tú también! ¿Por qué no me diste más hijos? Llora. Rubén sonríe. Lo lleva al pecho, súbitamente lo destroza dando gritos, corretea la casa, busca las estrellas para que le indiquen el camino.

Le agradecemos el tiempo dedicado a *La edad de las ataduras.* Confiamos en que haya sido de su interés y que lo recomiende a más lectoras y lectores.

Ediciones Dyskolo es un proyecto que propone una relación diferente entre quienes escriben y cuantas personas disfrutan de la lectura. Que rehuye la mercantilización del libro, antepone el valor de uso al de cambio, y busca lectores satisfechos no clientes consumidores. Ya decía Antonio Machado que *todo necio confunde valor con precio.*

Escogemos libros comprometidos: con su tiempo, y con su género y forma. *Toda poética siempre lleva implícita una ética* (Juan Gabriel Vásquez). Somos parte de un relato que viene de más atrás. Continuidad que nos permite pensar en el pasado para comprender el presente e imaginar el futuro.

Recabamos apoyo económico gracias a un modelo de suscripción que ayuda a mantener nuestra línea editorial al margen de modas comerciales. Puede visitar nuestra web (www.dyskolo.cc) para tener información sobre las novedades de la editorial o hacernos llegar opiniones y sugerencias.